Katharina Schendel
Hummelstich – Der Tote im Rübenfeld

AF178956

MIX
Papier aus verantwortungsvollen Quellen
Paper from responsible sources
FSC® C105338
FSC
www.fsc.org

Über die Autorin

Katharina Schendel wurde an der Küste geboren, hat fränkische Vorfahren und mag alles, was schief ist. Nach ihrer Schulzeit verbrachte sie mehrere Jahre in Metropolen wie Tokio und London. Heute lebt sie mit ihrer Familie in einer thüringischen Kleinstadt und geht mit Leidenschaft dem Schreiben von Kriminalromanen nach.

KATHARINA SCHENDEL

Der Tote im Rübenfeld

beTHRILLED

Vollständige ePub-to-Print-Ausgabe des in der Bastei Lübbe AG
erschienenen eBooks »Hummelstich – Der Tote im Rübenfeld« von
Katharina Schendel

Copyright © 2022 by Bastei Lübbe AG, Köln

Textredaktion: Dorothee Cabras
Lektorat/Projektmanagement: Kathrin Kummer
Covergestaltung: Guter Punkt, München unter Verwendung von
Motiven von © artJazz/iStock/Getty Images Plus; AlinaMD/iStock/
Getty Images Plus; ohhyyo/iStock/Getty Images Plus; GlobalP/iStock/
Getty Images Plus; Zbynek Pospisil/iStock/Getty Images Plus;
RuudMorijn/iStock/Getty Images Plus; gilotyna/iStock/Getty Images
Plus
Satz: 3w+p GmbH, Rimpar
Druck: Books on Demand GmbH, Norderstedt

ISBN 978-3-7413-0291-6

www.be-ebooks.de
www.lesejury.de

Die Charaktere

Bea von Maarstein, 66 Jahre, kosmopolitische Hobbydetektivin, verwitwet, schrill, exzentrisch, lebensfroh, erbt in Hummelstich das Haus ihrer besten Freundin Henrietta von Eichhorn, fährt einen alten Bücherbus, den sie zu einem mobilen Detektivbüro umbaut.

Dr. Jekyll, Beas persönlichkeitsgestörter Papagei, ein hellroter Ara, smart und kratzbürstig, äußerst sprachbegabt.

Sven Grüneis, 33 Jahre, Dorfpolizist und Landwirt, verheiratet, lebt mit seiner Familie in einem großen Bauernhaus, naiv, pflichtbewusst und stets korrekt, hat das Herz am rechten Fleck.

Borwin Wandelohe, 59 Jahre, Halbspanier, eine Koryphäe auf dem Gebiet der Friseurskunst, quirlig, fröhlich, verbreitet stets gute Laune, exzellenter Hobbykoch, begeisterter Theater- und Zirkusfan, liebt es sich zu verkleiden.

Kurt Pfeiffer, 58 Jahre, geschieden, ehemaliger Kommissar der Bad Frankenberger Mordkommission, vorzeitig pensioniert, lebt auf Rügen, wo er Ölgemälde malt.

1. Der Bauer mit der dicksten Rübe

Es war ein warmer, sonniger Tag im Oktober. Hummelstich, die kleine Gemeinde am Fuße des Kyffhäusergebirges, erstrahlte in einem so schönen goldenen Licht, wie es nur der Herbst hervorzubringen vermochte. Das Laub der vielen Bäume und Sträucher strotzte vor Energie und wartete mit einem Farbspektakel auf, das seinesgleichen suchte. Die Blätter der Birken leuchteten in einem kräftigen Gelbton, Ahorn und Buchen färbten sich kupfer- bis dunkelrot, und das Laub der alten Eichen- und Kastanienbäume präsentierte sich in einem satten Orange.

Der ganze Ort war erfüllt von einem gewaltigen Farbrausch, an dem man sich nicht sattsehen konnte. Hier und da lösten sich die ersten Blätter und trudelten gemächlich zu Boden oder wurden von einem sanften Wind auf die Dächer der niedlichen kleinen Häuser getragen. Über allem thronte, einer majestätischen Erscheinung gleich, die Sonne und schickte ihre warmen, Leben spendenden Strahlen zur Erde herab.

Auch die Hummelstichler – zumindest die meisten von ihnen – waren voller positiver Energie. Bis auf wenige Ausnahmen waren sie stets freundlich und fröhlich, denn sie lebten, wie sie sagten, am schönsten Ort der Welt. Ihr Schaffen und Streben galt sowohl den nützlichen und schönen Dingen als auch dem Drang, sich von den Bewohnern angrenzender Ortschaften zu unterscheiden. In ihrer Vorstellung war Hummelstich der Nabel der Welt – der Mittelpunkt, um den sich alles andere drehte.

Zudem verfügten die Hummelstichler über einen ausgeprägten Gemeinschaftssinn. Man kümmerte sich, gab aufeinander acht und stand sich bei in der Not. *Geben und nehmen* war einer ihrer eisernen Grundsätze, genauso wie *Leben und leben lassen*. Wer diese Regeln missachtete, verlor nicht nur sein Ansehen, sondern auch den Schutz, den die Gemeinschaft und ein Leben in Harmonie mit sich brachten.

Eigenbrötler und Streithähne waren nicht gern gesehen. Dafür standen wiederkehrende Feste und Feierlichkeiten hoch im Kurs.

An diesem warmen, sonnigen Oktobertag zum Beispiel bereiteten sich die Hummelstichler auf das kommende Rübenfest vor. Diese heiß geliebte Tradition, bei der es sich um eine Mischung aus Halloween, Kirmes und Erntedankfest handelte, war einer der Höhepunkte im Kalender.

Leidenschaftlich werkelten sie auf diesen Festtag hin. Die Bauern kümmerten sich bereits seit Monaten hingebungsvoll um ihre Rüben. Von der Aussaat bis zur Ernte hegten und pflegten sie die Pflanzen, als wären es ihre leiblichen Kinder. Natürlich hoffte jeder von ihnen, in diesem Jahr das größte Exemplar vorzeigen und damit den Hauptwettbewerb gewinnen zu können. Nichts schien ihnen erstrebenswerter, als ein Mal der Bauer mit der größten und dicksten Rübe zu sein.

Die Landfrauen hingegen wetteiferten um das

schmackhafteste Rübengebäck. Sie feilten an ihren Rezepten, verkosteten hin und wieder ihren selbst gemachten Rübenlikör und fabrizierten herrlich duftende Backwerke am laufenden Band.

Die Kinder bastelten schaurig-schöne Dekorationen aus Moosgummi und Pappmaschee oder stellten drollige Rübengeister her. Dazu höhlten sie Rüben aus und schnitzten lustige Gesichter oder auch freche Fratzen hinein. Mit einer brennenden Kerze im Inneren ließen sich damit im Dunkeln die unheimlichsten Schatten erzeugen.

So hatte ein jeder in Hummelstich bis zum großen Tag seine Aufgaben zu verrichten.

Auch Gunnar Huflattich war mit den Vorbereitungen für das Rübenfest beschäftigt. Der neunundvierzigjährige Landwirt besaß eines der größten Rübenfelder, dazu einen stattlichen Hof, den er zusammen mit seiner Frau Isabella bewirtschaftete. Das Paar hatte weder Haus- noch Nutztiere und zum Glück – wie Gunnar nicht müde wurde zu betonen – auch keine Kinder.

Wenn er über seine Rüben gebeugt war und den Pflanzen eine Extraportion Pflege angedeihen ließ, hätte man ihn fast für einen netten und umgänglichen Menschen halten können. Doch sobald er sich seinesgleichen zuwandte, zeigte er sich von einer völlig anderen Seite.

»Was treibst du dich schon wieder hier herum?«, knurrte er seinen Bruder Gisbert an, der gerade vorbeigelaufen kam. »Hast du kein eigenes Feld, über das du trampeln kannst?«

Gisbert blieb stehen und betrachtete ihn mit einem kühlen Blick. »Wollte nur mal schauen, ob hier alles okay ist. Man munkelt, dass es im Dorf einen Dieb geben soll.«

Gleichgültig wandte Gunnar sich ab.

»Einen Rübendieb«, fügte Gisbert hinzu.

Sein Bruder wischte sich mit dem Ärmel seines Arbeitshemdes über die Stirn. »Pah, der soll nur kommen! Bei mir kassiert der Mistkerl eine Tracht Prügel, die er so schnell nicht wieder vergessen wird.« Er nickte in Richtung einer Schubkarre, die ein paar Meter entfernt stand und an die eine Mistgabel gelehnt war. »Und zur Not habe ich auch noch die Forke da.«

Gisbert verschränkte die Arme vor der Brust. »Es reicht, wenn du die Augen offen hältst. Man kann einen Konflikt auch ohne brutale Gewalt lösen.«

»Sag du mir nicht, was ich zu tun und zu lassen habe!«, giftete Gunnar. Er grinste verächtlich. »Kein Wunder, dass du es mit deiner verweichlichten Einstellung bisher zu nichts gebracht hast.«

Auf Gisberts Wangen zeichneten sich rote Flecken ab. »Du bist noch immer der gleiche alte Stinkstiefel wie früher. Du änderst dich nie.« Er machte auf dem Absatz kehrt und marschierte raschen Schrittes davon.

»Ach, rutsch mir doch den Buckel runter!«, rief sein Bruder ihm hinterher.

Am Nachmittag drehte Gunnar seine tägliche Runde durchs Dorf. Er hatte es sich seit einiger Zeit zur Gewohnheit gemacht, seine Mitmenschen zu bespitzeln, um über deren Belange auf dem Laufenden zu sein. Schließlich konnte man nie wissen, welchen Nutzen man aus den dadurch gewonnenen Informationen noch würde ziehen können. Auf seinen eigenen Vorteil bedacht, spähte er über Hecken und Zäune, belauschte Gespräche oder linste ganz ungeniert durch Fenster in fremde Häuser hinein. Auch die Konkurrenz im Rübenwettstreit hatte er stets im Blick. Nicht, dass ihm noch jemand den Sieg wegschnappte!

Bauer Cornelius Völz beispielsweise, der ausschließlich Bio-Rüben zog, war bei dem anstehenden Wettbewerb ein ernst zu nehmender Gegner. Umso mehr musste er ihn in die Schranken weisen. »Psychologische Kriegsführung« nannte Gunnar das.

»Denkst du wirklich, dass du mit den mickrigen Dingern irgendwelche Chancen hast?«, rief er Cornelius zu, der am Rande seines Rübenackers stand und mit einer Mistgabel altes Stroh und Rinderdung auf das Feld aufbrachte.

Cornelius sah auf und hielt kurz inne. »Lass das mal meine Sorge sein.« Er trieb die Zinken der Mistgabel kraftvoll in die Erde und stützte sich auf dem Stiel ab. »Kümmer dich lieber um deinen eigenen Kram.«

Ein überlegener Ausdruck trat in Gunnars Gesicht. »Ich habe den Wettbewerb schon viermal gewonnen, und ich werde auch in diesem Jahr wieder siegen. Darauf kannst du Gift nehmen!«

»Jede Glückssträhne hat einmal ein Ende«, entgegnete Cornelius lächelnd. »Auch deine.«

Gunnar echauffierte sich. »Mein Erfolg hat nichts mit Glück zu tun. Nur mit purem Können und Fleiß – nichts, was du und die anderen Trottel in diesem Dorf vorweisen könnten.« Er lachte gehässig.

Mit einem Ruck zog Cornelius die Mistgabel aus der Erde. »Besser, du verziehst dich jetzt.«

»Sonst was?«, fragte Gunnar.

Cornelius hob die Forke an, und für einen Moment sah es so aus, als wollte er sie gegen seinen Konkurrenten richten. Dann jedoch drehte er Gunnar den Rücken zu und widmete sich wieder dem Mist in der Schubkarre. »Sonst freut sich mein Hund auf dich.«

»Die alte Töle?«, rief Gunnar und wieherte wie ein Zirkuspferd. »Ich lach mich schief!«

»Verschwinde!«, fauchte Cornelius, ohne sich umzudrehen.

Gunnar steckte zufrieden die Hände in die Hosentaschen. »Man sieht sich.« Er stapfte davon.

Nachdem er eine Weile den Feldweg entlanggelaufen war, bog er in die gewundene Hauptstraße ein und erblickte in einiger Entfernung die Pastorin Frederike Neuhaus, die, als sie seiner gewahr wurde, abrupt die Straßenseite wechselte. Gerade wollte er ebenfalls die Straße überqueren, da vernahm er hinter sich eilige Schritte. Er drehte sich um. Die Ortsvorsteherin Gisela Maibach kam auf ihn zu.

»Huflattich! Auf ein Wort!«

»Keine Zeit!«, knurrte Gunnar.

Gisela Maibach packte ihn beharrlich am Arm. »Ich fürchte, Sie werden sich die Zeit nehmen müssen.«

Gunnar entzog sich augenblicklich ihrem Griff und bedachte die resolute Ortsvorsteherin mit einem grimmigen Blick. »Machen Sie's kurz, ja?«

Gisela Maibach stemmte die Arme in die Hüften. Ihr strenger Gesichtsausdruck verriet ihre Anspannung. »Sie hatten mir für die herbstliche Ausgestaltung des Dorfangers drei Strohrollen zugesagt.«

»Das habe ich ganz bestimmt nicht«, rief Gunnar und schüttelte vehement den Kopf. »Meine Frau war das.«

Ungeduldig runzelte Gisela Maibach die Stirn. »Wann können wir also damit rechnen?«

»Gar nicht«, sagte Gunnar. »Ich bin doch nicht die Wohlfahrt.«

Die Ortsvorsteherin nickte verdrossen. »Das habe ich mir fast gedacht.«

»War das alles?«, fragte Gunnar betont gelangweilt. Er wollte schon weitergehen, doch Gisela Maibach schnitt ihm den Weg ab.

»Auch bei unserem Gemeinschaftsprojekt zum Schutz von Bienen und Hummeln haben Sie bislang keinerlei Einsatz gezeigt.«

Gunnar schnaubte. »Was soll ich mich mit diesem unbedeutenden Kleinkram herumschlagen? Ich habe Wichtigeres zu tun!«

Gisela Maibach hob mahnend den Zeigefinger. »Ihre mangelnde Bereitschaft, zum Gemeinwohl beizutragen und sich wie ein sozialverträglicher Mensch zu benehmen, wird eines Tages noch böse Folgen haben.«

Ein kaltes Lachen drang aus Gunnars Mund. »Soll das etwa eine Drohung sein?«

»Nein, nur eine Weissagung«, sagte die Ortsvorsteherin.

Gunnar zog die Augenbrauen hoch. »Ich mache mir ins Hemd vor Angst.«

Gisela Maibach musterte ihn kühl. »Ihr Egoismus bricht Ihnen irgendwann das Genick, Huflattich. Auch Sie bekommen eines Tages die Quittung präsentiert. Das prophezeie ich Ihnen!« Damit kehrte sie ihm den Rücken zu und ging davon.

Unbeirrt setzte Gunnar seinen Weg fort. Die Worte der Ortsvorsteherin hatte er längst schon wieder vergessen. Stattdessen dachte er darüber nach, welches Kapital er aus dem Wissen über seine Mitmenschen schlagen konnte und was der Tag wohl noch für ihn bereithalten mochte.

Neben dem Bespitzeln mischte er sich zum Beispiel auch gern in fremde Unterredungen ein – besonders dann, wenn er mit seinen arroganten Bemerkungen jemanden demütigen oder vor den Kopf stoßen konnte. So hatte er sich im Laufe der Zeit hier im Dorf zahlreiche Feinde gemacht. Er hatte sein Ansehen und den Schutz der Gemeinschaft verloren, was ihn jedoch nicht im Mindesten störte.

Noch ahnte er nicht, dass sein fieser Charakter ihm schon bald selbst zum Verhängnis werden würde.

2. Kraut und Rüben

Der Friseursalon von Borwin Wandelohe platzte fast aus allen Nähten. Halb Hummelstich hatte sich dort versammelt, um die Präsentation von Borwins erstem Kochbuch zu feiern. Der quirlige Halbspanier, der nicht nur ein Meister der Frisierkunst, sondern auch ein begnadeter Hobbykoch war, zwirbelte zufrieden seinen Schnurrbart und ließ den Blick über das Publikum schweifen.

Sein geräumiger Laden war mit einer Vielzahl zusätzlicher Sitzmöglichkeiten ausgefüllt worden, und zu seiner großen Freude war beinahe jeder Platz besetzt. Sogar ein Reporter der Lokalzeitung war gekommen, um über die Veranstaltung zu berichten. Glücklich strahlte er über das ganze Gesicht und tänzelte fröhlich durch den vollgestopften Raum, um jeden der Anwesenden persönlich zu begrüßen.

Ganz vorne, in der ersten Reihe, saß Bea von Maarstein und beobachtete vergnügt das kunterbunte Treiben. Sie war stolz auf Borwin und freute sich, dass er so zielstrebig seine Träume verwirklichte. Er war eine absolute Bereicherung für das Dorf, und für Bea war er ein Freund fürs Leben geworden. Sie blickte lächelnd zu Gabriel, der ein großes Tablett voller Sektgläser balancierte.

Wie schön, dass es zwischen ihm und Borwin so gut lief! Die beiden waren ein entzückendes Paar.

»Hier ist ganz schön was los, was?«, murmelte Kurt Pfeiffer, der rechts neben Bea Platz genommen hatte. Der Kriminalhauptkommissar, der erst vor drei Monaten aus seiner vorzeitigen Pensionierung wieder in den Dienst zurückgekehrt war und eine erstaunliche Wandlung durchgemacht hatte, grinste Bea schwärmerisch an. »Ich glaube, dein Freund Borwin hat das Zeug zu einem echten Star.«

Bea nickte zustimmend. »Einen begabteren Koch wirst du hier in der Gegend nicht finden. Und einen besseren Friseur erst recht nicht.«

Borwin, der in seiner Doppelrolle vollkommen aufging, war in der Tat weit über die Grenzen des Dorfes bekannt. Er hatte sogar schon einmal die spanische Königsfamilie bekocht.

»Möchtet ihr etwas trinken, ihr zwei?« Gabriel kam vorbei, und Pfeiffer angelte sich zwei Sektgläser vom Tablett.

»Haben Sie sich gut eingelebt, Herr Kommissar?«, fragte Gabriel neugierig.

Pfeiffer lächelte. »Kurt, bitte. Und, ja, ich fühle mich in Hummelstich sehr wohl.« Bea und er tauschten kurz Blicke. Ein Schmunzeln trat in Beas Gesicht. Kurt Pfeiffer hatte sich nicht nur hier im Dorf niedergelassen, sondern auch ihr Haus, das sie von ihrer verstorbenen Freundin Henrietta geerbt hatte, als Mieter bezogen. Bea, die nach wie vor im großen Bauernhaus bei Familie Grüneis lebte, fand, dass sich mit diesem Arrangement alles bestens fügte.

»Das freut mich zu hören«, sagte Gabriel lächelnd, zwinkerte ihnen zu und ging weiter.

Pfeiffer reichte Bea eines der Sektgläser und prostete

ihr mit dem anderen zu. »Auf Hummelstich!«, sagte er feierlich.

Sie ließen die Gläser aneinanderklirren.

»Auf Hummelstich!«, erwiderte Bea. »Und auf Borwin!« Sie schaute sich kurz suchend um und entdeckte den Freund in der Nähe der Eingangstür, wo er gerade Sara und Sven Grüneis überschwänglich begrüßte.

»Hereinspaziert, meine Lieben!«, rief Borwin und klopfte Sven auf die Schulter. Dann nahm er Sara, die im siebten Monat schwanger war und eine riesige Kugel vor sich herschob, die Jacke ab und begleitete sie zu zwei freien Plätzen, die Bea in der ersten Reihe extra frei gehalten hatte.

»Schön, dass ihr da seid!« Bea winkte fröhlich.

»Hallo, Bea«, grüßten die Grüneis' zurück.

Als Sven Pfeiffer entdeckte, zuckte es kurz in seinem Gesicht. Offenbar hatte er sich noch immer nicht an die ständige Anwesenheit seines Vorgesetzten im Dorf gewöhnt. Auch die besondere Vertrautheit, die sich in den vergangenen Monaten zwischen Bea und Pfeiffer entwickelt hatte, schien ihm äußerst suspekt zu sein. Er nickte ihm kurz zu.

»Tachchen, Grüneis«, sagte Pfeiffer umso entspannter und trank einen großen Schluck von seinem Sekt.

Sara sank erschöpft auf den Stuhl links von Bea und streckte die Beine aus.

Borwin reichte ihr ein Glas Orangensaft. »Wie geht es dir und dem Baby?«, erkundigte er sich.

»Alles in bester Ordnung.« Sara strich sich seufzend über den dicken Bauch. »Ich fühle mich bloß langsam wie eine Seekuh. Wenn ich es nicht besser wüsste, würde ich denken, ich bekomme Drillinge.«

Sven, der mittlerweile auch Platz genommen hatte, legte einen Arm um sie und streichelte ihr zärtlich über das Haar. »Die letzten sechs Wochen schaffen wir auch noch. Du wirst sehen, Schatz, die Zeit vergeht wie im Flug.«

»Dein Wort in Gottes Ohr«, murmelte Sara.

Bea tätschelte ihr die Hand. »Ich freue mich so sehr für euch. Lotta bekommt bald ein Geschwisterchen. Die Familie wächst und gedeiht.«

»Und du bist ein Teil davon«, entgegnete Sara lächelnd, und die beiden Frauen stießen mit ihren Gläsern an. »Danke, dass du uns in Haus und Hof so sehr unter die Arme greifst.«

Bea nippte an ihrem Sekt. »Das mache ich wirklich gerne.« Sie strahlte wie ein Honigkuchenpferd, als sie daran dachte, wie glücklich sie hier in Hummelstich war. Besonders im Haus von Sara und Sven, die sie von Anfang an wie ein Familienmitglied behandelt hatten, lebte es sich ganz ausgezeichnet. Da war es selbstverständlich für Bea, dass sie den Rasen mähte, bei der Versorgung der Tiere half oder auf die dreijährige Lotta aufpasste.

Im Grunde konnte sie sich kaum etwas Schöneres vorstellen. Sie genoss das Landleben in vollen Zügen, und da in den vergangenen drei Monaten auch niemand in der Gegend ermordet worden oder anderweitig zu Schaden gekommen war, hatte sie sich ganz darauf konzentrieren können.

»Ich bin gleich wieder da«, rief Borwin und wieselte zur Tür, um weitere Gäste in Empfang zu nehmen.

Zu guter Letzt trudelten noch Erwin und Brunhilde Meuselböck ein. Der Metzgermeister und seine Frau hatten sich mächtig in Schale geworfen. Brunhilde glänzte in einem nachtblauen, federbesetzten Abendkleid, das sie sich extra für den Anlass gekauft hatte. Besonderes Aufsehen erregte auch ihr sorgsam frisiertes Haar, das in einem dezenten fliederfarbenen Ton schimmerte.

Ihr Mann Erwin trug mit stolzgeschwellter Brust seinen guten Anzug auf, wobei das Jackett am Bauch ein wenig spannte. In dieser Aufmachung hätten die beiden auch zu einem Staatsbankett oder in die Oper gehen können.

»Jetzt fühle ich mich irgendwie underdressed«, flüsterte Pfeiffer, der ein buntes, langärmeliges Hawaiihemd und eine ausgewaschene Jeans anhatte, Bea ins Ohr.

Sie schüttelte lächelnd den Kopf. »Ach was, du bist chic genug«, raunte sie ihm zu.

Nachdem sich alle gesetzt hatten und mit Sekt beziehungsweise mit Saft versorgt worden waren, trat Borwin vor ein kleines Rednerpult, das vor dem Publikum aufgebaut war, und griff nach einem Mikrofon.

»Meine lieben Freunde, ich freue mich, dass ihr so zahlreich erschienen seid.« Er zwirbelte nervös seinen Schnurrbart und zog ein großes, dickes Buch hervor. Auf dem farbenfrohen Cover war der Titel *Köstlichkeiten von der Rübe* zu erkennen. »Und ich freue mich, dass ich euch heute mein Kochbuch präsentieren kann.«

Bea klatschte begeistert, und die anderen stimmten mit ein, bis der ganze Laden von Beifall erfüllt war.

Borwin strahlte, und der Reporter der Regionalzeitung, der nun eine Kamera in den Händen hielt, schoss unaufhörlich Fotos.

»Zuallererst möchte ich mich bei einigen Menschen bedanken«, sagte Borwin, nachdem der Applaus wieder abgeebbt war. »Ich danke meinen Freunden Bea, Sara und Sven, die alle Gerichte dieses Buches bereitwillig verkostet und mit ihren konstruktiven Vorschlägen bereichert haben. Ohne euch wäre dieses Kochbuch nie zustande gekommen.«

Das Publikum klatschte erneut. Bea, Sara und Sven sahen sich an. Bea warf Borwin eine Kusshand zu und schwelgte kurz in der Erinnerung an die wunderbaren Gerichte, die er ihnen gezaubert hatte.

Borwin nickte lächelnd. »Mein Dank geht auch an Metzgermeister Erwin Meuselböck, der extra für den heutigen Anlass eine delikate und äußerst schmackhafte Rübenwurst kreiert hat.«

Wie auf ein Stichwort schleppte Gabriel ein weiteres großes Tablett mit Probierhäppchen heran. Die Leute griffen begierig zu.

»Die Wurst gibt es ab sofort bei uns in der Metzgerei zu kaufen«, sagte Meuselböck stolz.

Genau wie alle anderen probierte auch Bea ein Stück geschnittene Wurst. Sie schmeckte köstlich.

Borwin strahlte. »Familie Heinemann vom Gasthaus *Zum Goldenen Lamm* hat mir ebenfalls versprochen, einige Gerichte aus dem Buch in ihre Karte aufzunehmen. In dieser Woche starten sie zum Beispiel mit der Russischen Rübensuppe, die ich wärmstens empfehlen kann.«

Gabriel brachte noch mehr kleine, in weißen Porzellanschüsselchen angerichtete Häppchen. »Und für unser heutiges Beisammensein möchte ich euch gerne ein paar Beispiele aus meinem Kochbuch kredenzen. Es gibt ein Rüben-Risotto mit Basilikum-Pesto, ein Rüben-Rösti mit Räucherlachs und Schmand sowie kandierte Rüben mit Safran und Zimt.«

Schon war das gesamte Publikum in den Genuss der lukullischen Spezialitäten vertieft. Hier und da konnte man ein zufriedenes Seufzen vernehmen. Auch leises Schmatzen war hin und wieder zu hören.

Da kündigte die Türglocke des Frisiersalons plötzlich einen weiteren Gast an.

Bea wandte den Kopf und erblickte einen Mann, den sie nur vom Sehen kannte und der mit seinem karierten, schmutzigen Arbeitshemd so gar nicht in diese Runde passte.

»Gunnar Huflattich«, stöhnte Sven leise, der sich ebenfalls umgedreht hatte. »Was will der denn hier?«

»Hallo zusammen«, durchbrach der Ankömmling die allgemeine gefräßige Stille. Er stakste mit großen Schritten durch den Raum und riss Borwin, der wie erstarrt dastand, das Mikrofon aus der Hand.

»Hört her, Leute«, rief er.

Im Publikum blieb einigen das Essen im Halse stecken.

»In fünf Tagen, zum Rübenfest, werde ich euch allen ein schockierendes Geheimnis enthüllen.« Gunnar Huflattich lachte gemein, und in seinen Augen loderte ein seltsames Feuer. »Ich freue mich schon jetzt auf eure entsetzten Gesichter.«

Sven sprang auf. »Lass den Blödsinn, Gunnar. Das hier ist nicht deine Veranstaltung, klar?«

Auch Borwin löste sich aus seiner Erstarrung und packte Gunnar am Arm. »Raus mit dir, du Unruhestifter! Treib deine dummen Späße gefälligst woanders!«

Unter dem Beifall des Publikums beförderten Sven und Borwin den Querulanten zur Tür hinaus.

Bea biss sich auf die Unterlippe, als sie ein leichtes Kribbeln in den Fingerspitzen spürte. Aus Erfahrung wusste sie, dass dieses Gefühl nichts Gutes verhieß. Im Gegenteil, es kündigte für gewöhnlich Unheil an.

Sie grübelte. Ein schockierendes Geheimnis? Was es damit wohl auf sich haben mochte?

3. SOKO Rübendieb

Kurt Pfeiffer blickte prüfend in den Spiegel. Die Frisur saß, und sein kantiges, sorgsam rasiertes Gesicht, das in früheren Zeiten meist blass und grau gewesen war, erstrahlte dank seiner neuen Lebensweise in einem gesünderen, sonnengebräunten Ton. Sogar die Falten, die seine Stirn und Augenpartie durchfurchten, störten ihn nicht. Im Gegenteil, er fand, dass sie ihm etwas herrlich Verwegenes verliehen. Außerdem hatte Bea mal gesagt, dass sie ein faltiges Gesicht einem glatt gebügelten vorzog und dass Falten Spuren des Lebens waren, die sie neugierig machten.

Pfeiffer zog den Kragen seines Hawaiihemds in Form und lächelte zufrieden. Sein Erscheinungsbild war annehmbar. Dem Zahn der Zeit konnte er etwas Positives abgewinnen. Und er hatte einen Plan.

Tagelang hatte er darüber nachgegrübelt, was er tun könnte, um mehr Zeit mit Bea zu verbringen. Natürlich war es nicht besonders schwer, sich in so einem kleinen Ort über den Weg zu laufen. Ab und an unternahmen sie auch Spaziergänge zusammen oder gingen gemeinsam zu einer lokalen Veranstaltung. Doch das reichte Pfeiffer nicht.

Seit der gestrigen Kochbuchpräsentation in Borwin Wandelohes Frisiersalon hatte er Bea nicht mehr gesehen. Dabei sehnte er sich so sehr nach ihr. Wenn sie in seiner Nähe war, fühlte er sich frei und unbeschwert, ja beinahe schwerelos. Als würde er schweben. In ihrer Gegenwart konnte er sich entfalten und sein bestes Selbst sein.

Dass er ausgerechnet in ihrem frisch renovierten Haus, das eine ganze Zeit lang leer gestanden hatte, zur Miete wohnen konnte, beflügelte ihn zusätzlich. Nirgendwo war er jemals so sehr im Einklang mit sich selbst gewesen. Nirgendwo hatte er je so gut und tief geschlafen. Sein altes Leben, in dem er sich mit Phobien und Missgeschicken herumgeplagt hatte, erschien ihm so weit entfernt wie eine verblassende Erinnerung. Nicht einen einzigen schlechten Traum hatte er hier bisher gehabt. Seine Träume waren friedlich und schön. Manchmal träumte er von sich und Bea, wie sie zusammen in diesem Haus lebten. Glücklich. In Liebe vereint. Bis ans Ende ihrer Tage.

Pfeiffer ging in den Flur und angelte sich den Schuhanzieher von der Wand. Obwohl er Beas Nähe suchte, sooft es ging, wagte er noch immer nicht, ihr seine Gefühle zu offenbaren. Ob sie etwas ahnte? Bestimmt, so schlau, wie sie war. Aber wie stand sie dazu? Empfand sie auch etwas für ihn? Noch hatte sie sich nicht das Geringste anmerken lassen.

Er schlüpfte in seine Schuhe und band die Schnürsenkel zu. Vielleicht wartete Bea ja nur darauf, dass er den nächsten Schritt machte? Oder hatte sie doch keine Ahnung von dem, was in ihm vorging, und würde sich überrumpelt fühlen? Hatte sie seine Signale falsch gedeutet? Was, wenn er mit einem übereilten Liebesgeständnis alles vermasselte und ihr gutes, freundschaftliches Verhältnis dadurch in die Brüche ging? Nein, er musste Geduld haben. Wenn er bei Bea landen wollte, musste er den perfekten Zeitpunkt abpassen. Und er musste ihr die Zeit geben, die sie brauchte, um sich in ihn zu verlieben.

Kurt Pfeiffer warf sich die Jacke über, öffnete die Haustür und trat ins Freie hinaus. Ein leichter Wind blies, und das herrlich bunte Herbstlaub leuchtete im Sonnenlicht. Die Sperlinge zwitscherten, und ein paar lose Blätter flatterten dicht an seinem Kopf vorbei.

Pfeiffer atmete tief ein. Seitdem er nach Hummelstich gezogen war und in Beas Nähe lebte, scheute er die Natur nicht mehr. Früher hätte er hinter jedem Baum todbringende Gefahren vermutet und sich nicht aus dem Haus getraut. Die Angst vor herabfallenden Ästen, bissigen Tieren, heimtückischen Bazillen und anderen Dingen hatte ihm damals fast den Verstand geraubt.

Doch damit war er ein für alle Mal fertig! All das hatte er hinter sich gelassen. Nun genoss er die Natur regelrecht. Ausgedehnte Spaziergänge durch Wald und Wiese waren für ihn das Normalste von der Welt. Zum Glück hatte er beruflich gerade nicht sehr viel zu tun. Aus irgendeinem Grund schien das Verbrechen in dieser Gegend eine Pause zu machen, worüber er ausgesprochen froh und wofür er dankbar war. Nichts lag ihm ferner, als sich wieder mit Mord oder anderen schweren Delikten herumzuschlagen.

Allerdings wusste er auch, wie sehr Bea das Kriminalisieren liebte. Und sicher würde sie nicht Nein sagen zu einer gemeinsamen Ermittlung. So war in ihm der Plan gereift, nach einem neuen Fall Ausschau zu halten. Nichts mit Blut natürlich. Eher die Kategorie Kleinkriminalität. Kleinvieh machte schließlich auch Mist. Und er könnte endlich mehr Zeit mit Bea verbringen, sich dabei von seiner besten Seite zeigen und bei ihr Eindruck schinden.

Als er dann an diesem Morgen die Nachricht erhalten hatte, dass sich ein Dieb im Dorf herumtrieb, war ihm das gerade recht gekommen. Er hatte Sven Grüneis, der halbtags als Dorfpolizist arbeitete, sofort mitgeteilt, dass er sich persönlich um die Angelegenheit kümmern würde. Grüneis, der aktuell viele andere Dinge um die Ohren hatte, war über dieses Angebot sehr erfreut gewesen.

Beschwingt machte Pfeiffer sich auf den Weg.

Zu seiner Überraschung fand er Bea am Rand einer weitläufigen Weide, wo sie neben einer großen, schielenden Kuh stand und dem Tier hingebungsvoll die Stirn kraulte.

»Hallo, Bea!«, rief er.

Bea wandte den Kopf und lächelte. »Hallo, Kurti, schön, dich zu sehen.«

»Ebenfalls.«

Verzückt betrachtete Pfeiffer, wie sie die Kuh streichelte. Ein Rindvieh müsste man sein!, dachte er. »Die Kuh hat's aber gut.« Kurt Pfeiffer zuckte kurz zusammen. Hatte er das jetzt wirklich laut gesagt?

Bea grinste. »Das ist Trudi. Sie bekommt immer ein paar extra Streicheleinheiten.«

»Ach so«, murmelte Pfeiffer. »Und warum schielt sie so? Hat sie irgendein Augenleiden?« Er hielt dem Drang, sich gleich ein paar Schritte weiter von dem Tier zu entfernen, trotzig stand.

»Nein, sie ist nicht krank«, antwortete Bea. »Das ist nur eine von ihren vielen kleinen Besonderheiten.« Sie tätschelte liebevoll den massigen Rinderkopf, worauf das Tier ein lautes, wohliges Muhen von sich gab.

»Ist das ein Freundschaftsbesuch, oder kann ich dir irgendwie helfen?«, wollte Bea wissen.

Pfeiffer trat etwas näher. »Ich benötige tatsächlich deine Unterstützung. Als Detektivin.«

Bea hielt inne. »Hat es einen Mord gegeben?«, fragte sie eine Spur zu enthusiastisch. Offenbar fehlte ihr das Kriminalisieren doch sehr.

»Mord?« Er schüttelte den Kopf. »Gott bewahre! Nein.«

Bea ließ ein wenig die Schultern hängen.

»Aber Diebstahl«, ergänzte Pfeiffer rasch.

»Diebstahl, hm«, meinte Bea. »Und dabei soll ich dir helfen?«

Kurt Pfeiffer zwinkerte ihr zu. »Du weißt doch: Vier Augen sehen mehr als zwei.«

»Das ist richtig.« Bea neigte den Kopf zur Seite. »Was genau ist denn gestohlen worden?«

»Rüben«, sagte Pfeiffer.

Ein amüsiertes Lachen drang aus Beas Mund. »Das hat sich angehört, als hättest du ›Rüben‹ gesagt.«

Pfeiffer breitete die Arme aus. »Diebstahl ist Diebstahl. Selbst wenn es sich nur um Rüben handelt.«

Bea runzelte die Stirn. »Wie viele wurden denn gestohlen?«

»Dreizehn«, antwortete Pfeiffer, ohne mit der Wimper zu zucken. »Acht bei Bauer Cornelius Völz, fünf bei Bauer Henrik Butterblum.«

»Dann handelt es sich wohl eher um Mundraub«, meinte Bea. Sie und Pfeiffer tauschten Blicke.

»Wie dem auch sei, es liegt eine Anzeige vor«, erklärte er. »Und ich habe Grüneis schon gesagt, dass wir die Sache übernehmen werden.« Er betrachtete seine Schuhe. »Ich dachte, dass wir ihn so etwas entlasten können, wo er doch jetzt so viel mit seiner Familie zu tun hat.« Er sah zu Bea, die über das ganze Gesicht strahlte.

»Das ist wirklich nett von dir«, rief sie.

Pfeiffer entging nicht die Begeisterung in ihrer Stimme. »Dann bist du also dabei?«

»Na klar.« Bea nickte. »Ich helfe dir gern.« Sie kraulte noch einmal kurz Trudis Stirn. »Außerdem bin ich jetzt eh hier fertig.«

»Großartig!«, erwiderte Pfeiffer. Dann ballte er kämpferisch die Hände zu Fäusten und boxte ein paar Mal in die Luft. »Aufgepasst, ihr Rübendiebe! Nehmt euch in Acht. Jetzt kommen wir!«

4. Alles Rübe oder was?

Dr. Jekyll saß auf seiner Stange aus Kaffeeholz und wiegte seinen Körper unruhig hin und her. Er konnte den nächsten Mordfall, in den Bea und er wieder hineingezogen werden würden, förmlich riechen. Viel zu lange schon war es viel zu ruhig in Hummelstich gewesen. Kein Einbruch, keine Hochstapelei, kein Mord. Stattdessen Friede, Freude, Eierkuchen – und das wochen-, ja monatelang! Doch damit – das wusste der hellrote Ara aus Erfahrung – würde schon bald wieder Schluss sein. Wenn überhaupt, dann war es nur noch eine Frage von Stunden, bis in diesem Ort wieder eine Leiche auftauchte. Das Verbrechen schlug hier nämlich blitzschnell zu. So war es in der Vergangenheit immer gewesen, und so würde es auch dieses Mal wieder sein. Daran hatte er nicht den geringsten Zweifel.

Ein flatterndes Geräusch unterbrach jäh seine Gedanken. Mr Hyde, der Gelbhaubenkakadu, der während ihres letzten Falls vor etwas mehr als drei Monaten in einer Exotenschau beschlagnahmt und von Familie Grüneis adoptiert worden war, watschelte vor einem extra für ihn angefertigten Vogelhaus herum und lockerte ausgiebig die Flügel. Er dehnte und streckte sich wie ein

Olympionike vor dem Wettkampf, sodass seine schneeweißen Federn in alle Richtungen stoben. Überhaupt
schien dem Kakadu sehr an diesen gymnastikähnlichen
Übungen gelegen zu sein, so oft, wie er herumturnte.
Was er hingegen offenbar gar nicht mochte, waren Ge-
selligkeit und Konversation.

Dr. Jekyll beäugte ihn kritisch. Der Vogel war das ver-
stockteste und undurchschaubarste Wesen, dem er je begegnet war. Zwar krächzte Mr Hyde von Zeit zu Zeit,
gab hin und wieder ein halbherziges Zwitschern von
sich, doch ein einfaches, vernünftiges Wort hatte er bislang noch nicht zustande gebracht. Wie Dr. Jekyll glaubte, war das kein Zeichen mangelnder Intelligenz. Das
schweigsame Federvieh war bloß eigensinnig und stur.
Das allerdings in einem Ausmaß, das seinesgleichen
suchte. Dagegen war selbst ein alter Esel kompromissbe-
reiter.

Zum Glück kannte sich Dr. Jekyll bestens mit Starr-
köpfigkeit aus. Bea, die in manchen Dingen ebenfalls
sehr beharrlich und stur sein konnte, hatte ihn oft genug
mit diesem speziellen Charakterzug konfrontiert. Er
wusste sehr gut damit umzugehen. Wollte man so einem
Sturkopf begegnen, dann musste man eben umso hart-
näckiger sein.

»Hallihallo! Was machst du so?«, krächzte er, wie er
es bisher jeden Tag aufs Neue getan hatte.

Doch Mr Hyde gab wie immer keinen Pieps von sich
und ließ sich auch nicht bei seinen Turnübungen stören.

»Bist du taub?« Es war eine rein rhetorische Frage,
denn der Kakadu reagierte durchaus auf bestimmte Ge-
räusche. Wenn Sven zum Beispiel mit dem Traktor vor-
fuhr und dann zur Tür hereinkam, um ihn zu streicheln,
wurde Mr Hyde vor Freude ganz hibbelig. Auch das Ra-
scheln beim Öffnen der Hirsekolben-Packung und das

Jauchzen der kleinen Lotta nahm er wohlwollend zur Kenntnis. Nur sprechen wollte er nicht.

»Ich glaub«, reimte Dr. Jekyll, »es ist 'ne Macke. Pass nur auf, wenn ich dich zwacke!«

Doch auch die Drohung, die natürlich nicht ernst gemeint war, ließ Mr Hyde völlig kalt.

»Keine Manieren!«, schimpfte Dr. Jekyll und hieb mit dem Schnabel ein paar Mal gegen die dicke Kaffeeholzstange. »Was soll dieses Zieren?«

Mr Hyde, der seine Dehnübungen mittlerweile beendet hatte, plusterte entspannt sein Gefieder auf und schloss die Augen, um ein wenig vor sich hin zu dösen. Den plappernden Ara beachtete er gar nicht.

Dr. Jekyll wandte sich genervt ab. Er würde diesen verstockten Kakadu schon noch zum Reden bringen, egal, wie lange es auch dauern mochte. Kommt Zeit, kommt Rat. Das galt auch für eine weitere Baustelle. Misstrauisch nahm er das Terrarium auf der anderen Seite des Raumes ins Visier.

Beinahe zeitgleich mit Mr Hyde war vor drei Monaten auch noch ein weiterer neuer Bewohner eingezogen. Ein grünes, schuppiges Kriechtier, das ständig durch die Gegend glotzte und seine Farbe wechseln konnte, wie es wollte. Bea hatte es mal »Erdlöwe« genannt. Sven und Sara sagten dazu »Chamäleon«. Die kleine Lotta nannte es »Sylvester«.

Wie auch immer es hieß, Dr. Jekyll war es zutiefst suspekt. Seine riesigen Augen, die es unabhängig voneinander in alle Richtungen bewegen konnte, waren ständig überall, und Dr. Jekyll hatte das Gefühl, kontinuierlich beobachtet zu werden. War dieser Erdlöwe ein Spion? Gut tarnen konnte er sich ja. Aber was war seine Mission? Was trieb ihn an? Mit Sicherheit führte dieses seltsame Geschöpf etwas im Schilde.

Dr. Jekyll war natürlich stets auf der Hut. Er hatte auch Bea schon darauf angesprochen, doch die hatte nur gelacht und versucht, seine Bedenken zu zerstreuen. Dabei müsste ihr doch bewusst sein, dass er sich nicht so einfach zufriedengeben würde. Er war nämlich nicht so blauäugig und vertrauensvoll wie sie. Ihm machte man nicht so leicht ein X für ein U vor. Immerhin hatte er in der Vergangenheit bereits einige Diebe und Mörder gejagt. Sogar eine hochkriminelle Hühnerbande hatte er schon überführt. Da würde er auch noch mit diesem halbseidenen und ominösen Reptil fertig werden.

Klar, einen Verbündeten könnte er in dieser Situation schon gut gebrauchen. Deshalb hoffte er auch, dass sich sein Verhältnis zu Mr Hyde bald zum Besseren wenden würde. Er drehte den Kopf und blickte zu dem aufgeplusterten Kakadu hinüber, der noch immer döste.

Von Bea und den anderen Hausbewohnern konnte Dr. Jekyll in dieser Angelegenheit ebenfalls kaum Hilfe erwarten, waren sie doch alle nasenlang mit anderen Dingen beschäftigt. Irgendein Problem mit Haus und Hof gab es immer, und wenn es nicht gerade um das noch ungeborene Baby ging, drehte sich seit ein paar Tagen alles nur noch um Rüben.

Im Dorf sollte es bald ein Rübenfest geben, was Dr. Jekyll sehr sonderbar fand. Schrumpeliges Knollengemüse zu feiern war schon ein merkwürdiger Brauch. Aber was wusste er schon? Wenn es die Menschen glücklich machte, sollte es ihm recht sein. Zumindest schienen sie sich alle sehr darauf zu freuen, denn sie redeten von fast nichts anderem mehr. Wie Dr. Jekyll aus den Gesprächen herausgehört hatte, mussten diese Rüben geerntet, geputzt und gekocht werden. Das Schnitzen von Rübengeistern stand an. Rübengedichte wurden rezitiert. Rübenlieder gesungen.

Dr. Jekyll trippelte auf der Holzstange entlang. Rüben hier, Rüben da – es wurde Zeit, dass es bald wieder eine anständige Ermittlung gab.

Er betrachtete Mr Hyde und beschloss, ebenfalls ein wenig zu entspannen. Wenn es mit dem Kriminalisieren losging, musste er wach und ausgeruht sein. Der Moment war günstig. Denn noch war alles friedlich. Doch Dr. Jekyll wusste: Es war die Ruhe vor dem Sturm.

5. Krähen, die auf Rüben starren

Bauer Cornelius Völz deutete verärgert auf die kahle Stelle, die sich mitten in seinem von kräftigen Rüben-pflanzen bewachsenen Feld auftat. Der betreffende Be-reich war zwar nicht besonders groß, und der Schaden musste dementsprechend überschaubar sein. Die roten Flecken im Gesicht des Bauern verrieten jedoch, wie sehr ihn die Angelegenheit trotz alledem beschäftigte.

»Es geht mir ums Prinzip!« Cornelius fuhr sich durch das strohblonde, strubbelige Haar. Sein hageres Gesicht war ähnlich zerfurcht wie der Acker, auf dem sie stan-den. »Hier kann doch nicht einfach jemand herkommen und mir meine schönen Rüben klauen.«

»Das geht wirklich nicht«, sagte Kriminalhauptkom-missar Kurt Pfeiffer entschieden und setzte eine ver-ständnisvolle Miene auf. »Diebstahl bleibt Diebstahl. Da kann ich Ihren Unmut absolut nachvollziehen.«

Bea, für die der Vorfall eher einer Lappalie gleich-kam, ließ ihren Blick über das riesige Feld schweifen. Etwa zehn Meter von ihnen entfernt war inmitten der Rübenpflanzen eine Vogelscheuche aufgestellt worden. Zu Beas Erstaunen hatten es sich zwei große Krähen dar-auf gemütlich gemacht.

»Haben Sie vielleicht einen Verdacht, wer der Dieb sein könnte?«, fragte Bea.

Der Bauer verzog das Gesicht, als hätte er in eine Zitrone gebissen. »Das kann nur dieser schreckliche Huflattich gewesen sein.«

Huflattich? Vor Beas innerem Auge tauchte der unverschämte Flegel auf, der Borwins Buchpräsentation so dreist gestört hatte. »Gunnar Huflattich?«

Cornelius nickte. »Ja. Genau der.«

»Gibt es denn zwischen ihnen irgendwelchen Ärger?«, hakte Pfeiffer nach. »Streit?«

Der Bauer lachte bitter. »Streit ist Huflattichs zweiter Vorname. Der kann gar nicht anders, als immer und überall Unruhe zu stiften.«

Bea runzelte die Stirn. »Was genau ist denn zwischen Ihnen beiden vorgefallen?«

Mit verkniffenem Gesichtsausdruck, um den ihn jeder Nussknacker beneidet hätte, stapfte Cornelius zwischen seinen Rüben herum. »Ach, er macht sich bloß wichtig und lässt einfach keine Gelegenheit ungenutzt, um sich aufzuspielen.« Er verdrehte seufzend die Augen. »Zurzeit geht es natürlich in erster Linie um den Wettbewerb, den Huflattich seiner Meinung nach auch dieses Jahr wieder gewinnen wird. Das muss er mir andauernd unter die Nase reiben.«

»Der Wettbewerb, der zum Rübenfest angekündigt ist?«, wollte Pfeiffer wissen.

»Genau«, sagte der Bauer. »Es geht darum, wer die dickste Rübe hat.«

Bea presste die Lippen fest aufeinander, um nicht laut loszulachen.

Pfeiffer bückte sich und hob die gewellten, blaugrünen Blätter einer Rübenpflanze an, wobei der obere Teil der rundlichen Knolle, die aus der Erde herausschaute, zum Vorschein kam. »Die sehen schon ziemlich groß aus.«

»Das macht die gute Pflege«, sagte Cornelius stolz. »Natürlich alles bio!«

»Wirklich toll!«, lobte der Kommissar. Er wirkte ehrlich beeindruckt.

Bea lächelte. »Dürfen wir uns noch ein wenig hier umsehen?«

»Nur zu.« Der Bauer breitete die Arme aus. »Ich bin ja heilfroh, dass Sie sich darum kümmern.«

Pfeiffer schlug die Hacken zusammen. »Die Polizei, dein Freund und Helfer.« Er straffte die Schultern. »Haben Sie eine Idee, wo wir diesen Herrn Huflattich finden können?«

Cornelius deutete auf einen nahen Trampelpfad, der in westlicher Richtung verlief. »Da müssen Sie eigentlich immer nur diesem Weg dort folgen, bis Sie eine Quelle und einen Birkenhain erreichen. Dann kommen Sie automatisch an seinem Feld vorbei. Das können Sie gar nicht verfehlen.« Er rieb sich das bartstoppelige Kinn. »Denken Sie, dass Sie Huflattich wegen der Sache einen Verweis oder wenigstens eine Verwarnung aussprechen können?«

Bea zuckte mit den Schultern. »Das kommt natürlich darauf an, ob wir belastende Beweise finden oder nicht.«

»Verstehe«, murmelte der Bauer.

»Aber keine Sorge«, sagte Pfeiffer rasch. »Wir tun unser Möglichstes.«

»Danke, Herr Kommissar.« Cornelius Völz nickte erst Pfeiffer, dann Bea zu. »Danke, Frau von Maarstein.« Dann versenkte er die Hände in den Hosentaschen und stiefelte davon.

Bea, die es gar nicht mehr gewohnt war, so förmlich

angesprochen zu werden, blickte ihm hinterher. »Eigenartig.«

»Findest du?« Pfeiffer schaute sie neugierig an.

»Na ja, er scheint unbedingt zu wollen, dass wir uns diesen Huflattich vornehmen.«

Pfeiffer grinste. »Na, das machen wir ja auch.« Er blickte sich nach allen Seiten um und breitete die Arme aus. »Sobald wir hier mit der Spurensuche fertig sind.«

Bea schmunzelte. Wer hätte gedacht, dass Kurt Pfeiffer einmal einen solchen Enthusiasmus an den Tag legen würde? Das Leben auf dem Land bekam ihm anscheinend richtig gut. Er sprühte ja förmlich vor Tatendrang und Energie. Bea musste zugeben, dass ihr seine Entschlossenheit ausnehmend gut gefiel.

»Na, dann wollen wir mal schauen.« Pfeiffer ließ kurz die Schultern kreisen, als wärmte er sich für eine Runde Gymnastik auf. Anschließend ging er in die Hocke, sodass seine Knie beinahe den Boden berührten, und ließ die Fingerkuppen suchend über die Erde gleiten. Akribisch tastete er jeden Quadratzentimeter der kahlen Erdstelle ab.

»Schuhabdrücke können wir vergessen«, rief er und richtete sich stöhnend auf. »Der Boden ist nicht weich genug.«

Beas Aufmerksamkeit war indes erneut auf die Vogelscheuche gerichtet. Hatten vorhin lediglich zwei Krähen darauf gesessen, waren es nun schon acht, und weitere kamen dazu. Bald waren Kopf und Arme der Vogelscheuche voll besetzt. Die Krähen hockten dicht an dicht, aufgereiht wie Perlen an einer Schnur.

Das Seltsamste aber war, dass die Vögel nicht das geringste Geräusch von sich gaben. Sie starrten schweigend zu Bea und Pfeiffer herüber, als wollten sie unbedingt wissen, was die beiden Menschen hier zu schaffen hatten.

»Irgendwie unheimlich«, murmelte Kurt Pfeiffer, der in die gleiche Richtung wie Bea schaute.

»Die Vogelscheuche?«

»Nein, die Krähen«, antwortete Pfeiffer.

Bea lächelte. »Die sind doch ganz friedlich.«

Der Kriminalhauptkommissar wiegte bedenklich den Kopf. »Ja, noch.« Er rieb sich die Hände, wobei winzige Erdklümpchen, die bei seiner Tatortuntersuchung haften geblieben waren, zu Boden rieselten. »Kennst du *Die Vögel* von Alfred Hitchcock?«

»Na klar.« Bea nickte begeistert. »Klasse Film!«

Ein sorgenvoller Ausdruck huschte über Pfeiffers Gesicht. »Da rotten sie sich am Anfang auch so zusammen.«

Bea zog die Augenbrauen hoch und lachte. »Ich denke nicht, dass sie sich auf uns stürzen werden. Glaub mir, es gibt keinen Grund, sich zu fürchten.«

»Ich? Mich fürchten?« Kurt Pfeiffer schüttelte empört den Kopf. »Wie kommst du denn da drauf?«

»Diese Vögel haben völlig zu Unrecht ihren schlechten Ruf«, sagte Bea. »Von ihnen geht weder Gefahr noch Unglück aus. Es sind äußerst intelligente Tiere mit einem ausgeprägten Sozialverhalten. Ich habe erst vor Kurzem einen wissenschaftlichen Bericht darüber gelesen. Es heißt, dass in ihrem Gehirn ähnliche Muster wie bei Primaten ablaufen. Sie können abstrakt denken, bauen Werkzeuge und so weiter.«

Pfeiffer biss sich auf die Unterlippe. »Gelten sie nicht auch als Vorboten des Todes?«

»Quatsch«, murmelte Bea. Energisch schob sie diesen Gedanken beiseite. Dabei verdrängte sie auch, dass sie das nahende Unheil bereits in den eigenen Fingerspitzen spürte.

»Ich glaube, hier kommen wir nicht weiter.« Pfeiffer deutete auf das Rübenfeld. »Schauen wir doch mal, was Gunnar Huflattich zu den Vorwürfen zu sagen hat.«

»Meinetwegen«, antwortete Bea, die eigentlich keine Lust auf eine weitere Begegnung mit dem unflätigen Mann hatte. Doch wenn sie Sven damit die Arbeit erleichtern konnte, sollte es ihr recht sein.

Sie liefen den schmalen Trampelpfad entlang, so wie Bauer Cornelius es ihnen beschrieben hatte. Nach etwa dreihundert Metern gelangten sie zu einem Bachlauf, über den eine kleine, steinerne Brücke führte. Dahinter entdeckten sie eine Ansammlung schlanker Birken, deren gelb gefärbte Blätter im Sonnenlicht wie ein Rapsfeld leuchteten. Sie überquerten den Bach und passierten den Birkenhain, als sich vor ihnen ein weiteres großes Rübenfeld auftat.

»Theoretisch müsste dass hier das Feld von Gunnar Huflattich sein«, sagte Pfeiffer. Er hob die Hand, um die Augen vor der blendenden Sonne abzuschirmen, und blickte sich suchend um. »Also, ich sehe hier weit und breit niemanden.«

»Bloß eine weitere Vogelscheuche.« Bea deutete auf eine aufgestellte Puppe aus Stroh, die in etwa zwanzig Metern Entfernung einsam dastand. Nicht einmal eine einzige Krähe hatte sich hierher verirrt.

»Zum Glück ohne Krähen diesmal«, bemerkte auch Pfeiffer. Er drehte den Kopf weiter nach rechts. »Vielleicht ist Huflattich ja bei der Erntemaschine da drüben?« Er nickte in Richtung eines monströsen Gefährts, das Bea bislang nicht beachtet hatte. »Lass uns mal nachschauen.«

Schnurstracks liefen sie darauf zu. Sie waren jedoch

kaum ein paar Meter gegangen, als Pfeiffer urplötzlich stehen blieb und Bea am Arm packte. Die bremsende Bewegung kam so abrupt, dass sie beinahe gestrauchelt wäre.

»Was ist denn?«, fragte Bea.

Kurt Pfeiffer reckte den Hals und zeigte auf eine Stelle im Rübenfeld. »Da drüben! Da liegt doch jemand!«

Jetzt sah Bea es auch. Unweit der Vogelscheuche lag eine zusammengesunkene Gestalt zwischen den Rübenpflanzen.

Bea und Pfeiffer sprinteten gleichzeitig los.

»Hallo?«, rief Kurt Pfeiffer, der schnell außer Puste kam. »Können wir Ihnen helfen?«

Sie erreichten die am Boden liegende Gestalt, und obwohl das Gesicht gen Boden gerichtet war, wusste Bea augenblicklich, um wen es sich handelte. Dieses karierte Arbeitshemd hatte sie gestern erst gesehen.

»Das ist Huflattich.«

»Verdammt!«, murmelte Pfeiffer.

Bea kniete sich auf den Boden und betastete Gunnar Huflattichs Hals. Sie fand keinen Puls.

»Was ist mit ihm?« Pfeiffer, der kreidebleich geworden war, trat unruhig von einem Bein aufs andere.

Bea, die genau wusste, wie sehr diese Situation Kurt Pfeiffer wieder aus dem Gleichgewicht bringen würde, seufzte leise. »Er ist tot.«

6. Der Tote im Rübenfeld

»Tot?« In Kurt Pfeiffers Gesicht, das noch immer weiß wie eine Wand war, zuckte es heftig. »So … richtig … tot?«

»Ich fürchte ja«, sagte Bea und betrachtete Pfeiffer mitfühlend. Sie wusste nur zu gut, wie sehr er sich vor dem Tod gruselte, und obwohl er in den vergangenen Monaten bei der Überwindung seiner zahlreichen Phobien erstaunliche Fortschritte gemacht hatte, war er doch nie zu seiner eigentlichen Urangst durchgedrungen. Die direkte Konfrontation mit einer Leiche machte die Sache auch nicht besser. Im Gegenteil, er sah aus, als würde er jeden Moment zusammenbrechen.

Pfeiffer warf einen flüchtigen Blick auf den Toten. An seiner Schläfe trat eine Ader hervor. »Meinst du, er hatte einen Schlaganfall?«

Garantiert nicht!, dachte Bea und schüttelte energisch den Kopf. Instinktiv schloss sie auch jede andere natürliche Todesursache aus. Wenn er vor Ort gewesen wäre, hätte der Apotheker Carl Feigenbaum mit Sicherheit wieder einen Herzinfarkt bescheinigt. Zumindest war das bisher immer seine gängige Diagnose bei unerwartet Verstorbenen gewesen.

Bea hingegen hatte schon oft genug Mord und Totschlag gewittert. Ihr kriminalistischer Instinkt, auf den sie sich stets verlassen konnte und der sich bereits durch das Kribbeln in ihren Fingerspitzen bemerkbar gemacht hatte, sagte ihr ganz klar, dass Gunnar Huflattich Opfer eines Verbrechens geworden war.

Ohne zu zögern, griff sie nach ihrem Handy und machte aus den verschiedensten Perspektiven Fotos von der Leiche. Ihr Aktionismus wurde dabei weder durch Sensationsgier noch durch andere niedere Motive ausgelöst, sondern diente einzig und allein der genauen Dokumentation des Geschehens.

Nachdem sie alles zu ihrer Zufriedenheit festgehalten hatte, steckte sie das Handy wieder ein, schlüpfte in ihre roten Ziegenlederhandschuhe und hielt Pfeiffer ein Paar Einweghandschuhe hin.

Kurt Pfeiffer rümpfte kurz die Nase, hielt Beas energischem Blick jedoch nicht lange stand. Mit einem Ausdruck äußersten Widerwillens nahm er die Handschuhe und streifte sie sich über.

Bea kniete sich neben den Toten und umfasste dessen linke Schulter. »Hilfst du mir bitte mal?«

»Was hast du denn vor?« Pfeiffer wich entsetzt zurück. »Du willst doch wohl nicht etwa den Leichnam bewegen?«

»Aber sicher doch!«, entgegnete Bea, ohne mit der Wimper zu zucken. »Wir müssen schließlich nachschauen, ob wir irgendwelche Spuren oder Hinweise finden.«

Mit fassungslosem Blick raufte Pfeiffer sich die grau melierten Haare. »Dir als erfahrene Detektivin müsste doch klar sein, dass man in so einer Situation nichts anfassen oder verändern darf.«

Beas Stimme nahm einen scharfen, leicht bissigen Unterton an. »Mir als erfahrene Detektivin ist vor allem be-

wusst, dass das in erster Linie für Außenstehende gilt.«
Sie stemmte die Arme in die Hüften. »Was denkst du
denn, wer in diesem Fall ermitteln wird?«

Für einen kurzen Moment begegneten sich ihre Blicke, und in Beas Augen loderte wilde Entschlossenheit
auf.

Zähneknirschend gab sich Kurt Pfeiffer geschlagen.
Er unterdrückte ein leichtes Zittern und ging an Beas
Seite in die Hocke.

Gemeinsam drehten sie den Mann vorsichtig auf den
Rücken, und aus Beas Gefühl, dass es sich bei Huflattichs Tod um ein Verbrechen handelte, wurde schlagar-
tig Gewissheit. Ihr Blick fiel sofort auf das karierte Arbeitshemd, das im Bereich des Bauches mit einer
dunkelroten Flüssigkeit durchnässt war, bei der es sich
um nichts anderes als Blut handeln konnte.

Bea beugte sich näher heran und zog den blutdurch-
tränkten Stoff glatt, so gut es ging. Dabei entdeckte sie
vier kleine Löcher, die gleich groß und im jeweils gleichen Abstand voneinander entfernt waren. Zudem fan-
den sich an Schläfe und Kinn des Toten Schrammen und
Blessuren, die auf einen Kampf hindeuteten.

Kurt Pfeiffer, dessen Gesichtsfarbe mittlerweile einen
grünlichen Ton angenommen hatte, wandte sich so rasch
er konnte ab.

»Eine natürliche Todesursache können wir also ausschließen«, sagte Bea.

Pfeiffer stöhnte. »Jetzt warte doch mal. Könnte es
denn nicht auch ein Unfall gewesen sein?« Er nickte in
Richtung der Erntemaschine. »Diese monströsen Ma-
schinen sind kreuzgefährlich.«

Bea verdrehte die Augen. »Das war definitiv kein Unfall, Kurt. Das war Mord!«

»Verflixt und zugenäht!«, fluchte er.

»Siehst du die Löcher in seinem Bauch?« Bea deutete auf das blutbesudelte Arbeitshemd. »Ich bin mir ziemlich sicher, dass er mit etwas Vierzackigem erstochen wurde. Wie einer Mistgabel zum Beispiel.«

Pfeiffer hob abwehrend die Hände in die Höhe, als bereitete ihm der bloße Gedanke körperliche Schmerzen. »Das ist ja schrecklich! Einfach grauenhaft!«

Unbeirrt lenkte Bea Pfeiffers Aufmerksamkeit auf die Wunde an Huflattichs Schläfe. »Und diese Verletzung deutet darauf hin, dass er niedergeschlagen wurde.«

In schierer Verzweiflung rang Pfeiffer die Hände. »Kann denn in diesem Ort nicht ein Mal alles friedlich sein?«, rief er seinen Frust den Schäfchenwolken zu, die träge am blauen Himmel entlangglitten. »Reicht es nicht, dass man es schon mit einem Rübendieb zu tun hat? Muss denn ausgerechnet auch noch ein gefährlicher Mistgabelmörder sein Unwesen treiben?« Er ließ erschöpft die Schultern hängen.

»Mord und Totschlag geschehen nun mal überall«, sagte Bea so einfühlsam, wie es ihr möglich war.

Kurt Pfeiffer nickte betrübt. »Ja, und besonders häufig auf dem Land, wie mir scheint.«

Bea biss sich auf die Unterlippe. Sie konnte nicht sagen, ob auf dem Land wirklich mehr gemordet wurde als in der Stadt. Sie wusste nur, dass die Menschheit eine unbelehrbare und sehr spezielle Spezies war. Schon die Steinzeitmenschen hatten sich aus allen möglichen Beweggründen wie Habgier und Rache gegenseitig die Köpfe eingeschlagen. Und obwohl die Menschen von heute nicht mehr in Höhlen lebten und sogar in der Lage waren, ins All zu fliegen, hatte sich an der Gewaltbereitschaft kaum etwas geändert.

»Umso wichtiger ist es, dass der Täter schnell gefasst wird«, sagte sie.

Kurt Pfeiffer entledigte sich der Handschuhe und rieb sich die Stirn. »Ich gebe den Kollegen und der Spurensicherung Bescheid«, murmelte er, zückte sein Handy und wählte die Nummer des Kommissariats.

Bea stand auf und zog ebenfalls die Handschuhe aus. Ihr Blick fiel erneut auf die Vogelscheuche. Wie seltsam, dass nicht ein einziger Vogel darauf saß, während auf der anderen Strohpuppe bei Cornelius Völz alles voller Krähen gewesen war.

Neugierig ging sie näher heran, umrundete die Vogelscheuche und entdeckte, dass auf den Armen und dem Kopf große Dornen angebracht worden waren. Ein Vogelfreund war Gunnar Huflattich anscheinend nicht gewesen.

Das laute Tuckern eines Motors unterbrach ihre Gedanken. Sie wandte den Kopf und erkannte in der Ferne Sven, der mit seinem Traktor die Straße entlangfuhr, an die das Rübenfeld im Osten grenzte. Als er Pfeiffer und sie bemerkte, bremste er, hielt an und winkte ihnen zu.

»Was ist denn nun schon wieder passiert?«, rief er, während er vom Traktor sprang und auf sie zugelaufen kam.

»Ein Mord, Grüneis«, rief Pfeiffer, der sein Telefonat mittlerweile beendet hatte.

Svens Blick fiel auf den leblosen Körper inmitten der Rübenpflanzen. »Aber ich dachte, ihr ermittelt wegen des Rübendiebstahls?«

Bea kam ihm mit großen Schritten entgegengelaufen. »Genau das hat uns hierher gebracht.«

»Verstehe«, sagte Sven. »Und dann habt ihr eine Leiche gefunden.« Es war eine Feststellung, keine Frage. Er trat noch ein paar Schritte näher an den Toten heran. »Gunnar Huflattich. Auch das noch!«

Pfeiffer runzelte irritiert die Stirn. »Wie meinen Sie das, Grüneis?«

Sven vergrub die Hände in den Hosentaschen. »Der Mann war bei niemandem hier im Ort beliebt. Im Gegenteil, die meisten Leute haben einen großen Bogen um ihn gemacht.«

»Er hatte also viele Feinde?«, hakte Pfeiffer nach.

»Das kann man so sagen«, antwortete Sven. »Würde mich nicht wundern, wenn die Mordmotive bald wie Pilze aus dem Boden schießen.«

Seufzend starrte Pfeiffer auf seine Schuhspitzen hinab. »Das bedeutet also jede Menge Verdächtige.«

»Ganz genau«, brummte Sven. »Und jede Menge Ermittlungsarbeit.«

Bea stemmte die Arme in die Hüften. »Na und? Wir lieben doch Herausforderungen.«

Sven und Pfeiffer tauschten kurz Blicke. Sie schienen beide nicht sehr angetan von der Idee zu sein.

»Tun wir das?«, fragte Pfeiffer zögerlich.

»Selbstverständlich!« Bea lächelte euphorisch. »Je verzwickter der Fall, desto besser. So einen belanglosen Rübendiebstahl kann doch jeder Depp aufklären. Aber einen Mord? Da muss man schon ein Profi sein.«

Ein Ruck ging durch Kurt Pfeiffers Körper. »Weißt du, was? Du hast recht! Wir verfügen über alle notwendigen Fähigkeiten und haben ausreichend Erfahrung im Ermitteln. Gemeinsam können wir das schaffen.« Er straffte die Schultern und wandte sich an Sven. »Hatte Huflattich Angehörige?«

Sven nickte. »Ja, einen Bruder. Gisbert. Und Isabella, seine Ehefrau.«

»Die müssen natürlich beide umgehend benachrichtigt werden.« Pfeiffer richtete den Zeigefinger auf Sven. »Grüneis, darum kümmern Sie sich, sobald die Spurensicherung, die jede Minute hier eintreffen müsste, fertig ist. Ich fahre derweil ins Kommissariat und schreibe den Bericht.«

Bea zog ungeduldig die Augenbraue hoch. »Und was bitte mache ich?«

Pfeiffer nestelte umständlich am Kragen seines Hemdes herum. »Na ja, ich kann dir natürlich keine Anweisungen geben, aber wenn du möchtest, kannst du dich ja schon mal umhören. Zwecks möglicher Mordmotive und so.« Er grinste, und ein verklärter Ausdruck trat in sein Gesicht – wie immer wenn er Bea länger als drei Sekunden ansah.

»Ja, das mache ich gerne«, sagte sie.

»Danke! Das ist wirklich lieb von dir.« Kurt Pfeiffer hob die Hand. »Dann bis später.« Ohne sich noch einmal umzublicken, stiefelte er eilig davon.

Sven schaute seinem Vorgesetzten stirnrunzelnd hinterher. »Er ist ja fast wieder der Alte.«

»Jetzt spotte nicht«, mahnte Bea.

»Ich meine ja nur«, beharrte Sven. »So richtig hat er seine Ängste wohl doch noch nicht im Griff, was?«

Bea seufzte. »Das geht eben nicht so schnell. Das braucht seine Zeit.«

Sven kickte einen kleinen Stein beiseite. »Sobald eine Leiche auftaucht, sieht man den Herrn Kriminalhauptkommissar nur noch von hinten. Und er macht es sich mal wieder schön einfach. Während wir hier die ganze Arbeit erledigen müssen, fährt er nach Bad Frankenberg ins Kommissariat und schreibt den Bericht.«

»Möchtest du denn mit ihm tauschen?«, fragte Bea.

»Auf keinen Fall! Aber der Witwe die Nachricht vom Tod ihres Mannes zu überbringen, gehört auch nicht gerade zu meinen Lieblingsaufgaben.«

Bea nickte. »Das kann ich verstehen.« Sie lächelte Sven aufmunternd zu. »Ich könnte dich begleiten.«

Sven erwiderte das Lächeln. »Es würde mir ehrlich gesagt seltsam vorkommen, wenn du das nicht tun würdest.«

7. Die traurige Rübenprinzessin

Als die Leiche des Bauern endlich abgeholt worden war und die Kollegen aus Bad Frankenberg, die sich reichlich Zeit gelassen hatten, wieder das Feld räumten, hatte die Sonne bereits den Zenit erreicht.

Mit einem mulmigen Gefühl im Bauch steuerte Sven auf das Haus der Huflattichs zu.

Er hasste es, der Überbringer schlechter Nachrichten zu sein. Ja, wenn er etwas an seiner Arbeit als Polizist gar nicht mochte, dann waren es diese furchtbar beklemmenden Momente, in denen er einem anderen Menschen den Tod eines nahen Angehörigen begreiflich machen musste. Denn es gab bei der Vorgehensweise einfach kein Patentrezept, und auch wenn er sich bemühte, behutsam und einfühlsam zu sein, wusste er doch, dass er mit seinen Worten der betreffenden Person den Schock ihres Lebens versetzen würde.

Er blickte zu Bea, die neben ihm herlief.

»Du schaffst das«, sagte sie mit ihrer unvergleichlich wohltuenden und beruhigenden Art.

Sven, der froh war, dass sie an seiner Seite war, nickte flüchtig.

Vor der Haustür kamen sie zum Stehen. Sven nahm

noch rasch einen tiefen Atemzug, um sich zu sammeln. Dann drückte er auf die Klingel.

Wenige Augenblicke später wurde die Tür geöffnet, und Isabella Huflattich blickte sie freundlich lächelnd an. Die Vierzigjährige trug eine rote Kochschürze, auf der sich Mehlreste abzeichneten, und hatte die langen blonden Haare zu einem seitlich geflochtenen Zopf gebunden. Ihr hübsches, aber blasses Gesicht zierten unzählige Sommersprossen.

»Hallo, Isabella«, grüßte Sven. »Können Bea und ich kurz mit dir sprechen?«

Isabella Huflattich strich über ihre Schürze. »Ja klar, kommt herein.« Sie machte einen Schritt zurück, um die beiden Besucher eintreten zu lassen, und ging dann durch den kleinen Flur voran in eine geräumige Wohnküche. »Worum geht es denn?«, fragte sie, während sie nach einem Nudelholz griff und sich einem halb ausgerollten Teig zuwandte.

Sven, der noch nach den richtigen Worten suchte, ließ den Blick durch den Raum wandern. Die hellen Farben der Wände und Möbel erinnerten ihn stark an das Ferienhaus in Schweden, in dem er einmal als Jugendlicher die Sommerferien verbracht hatte.

Rasch schob er die schöne Erinnerung beiseite und betrachtete den großen Kamin, der das Herzstück der Wohnküche war und auf dessen Sims eine Reihe goldener Pokale aufblitzten. Sven erkannte sofort, dass es sich dabei um die Trophäen handelte, die Gunnar Huflattich während der letzten vier Rübenfeste gewonnen hatte. Er erinnerte sich nur zu gut, wie Huflattich immer damit geprahlt hatte, der Bauer mit der dicksten Rübe zu sein.

»Wenn mein Mann so weitermacht, werden wir für die vielen Auszeichnungen noch ein extra Regal zimmern müssen«, plauderte Isabella Huflattich munter drauflos, während sie mit dem Nudelholz eifrig den Teig bearbeitete. »Fürs Gemüsezüchten hat er richtig Talent.«

Sven und Bea tauschten kurz Blicke.

Aus dem Regal wird nichts werden, dachte Sven.

»Das ist ein sehr hübsches Foto«, bemerkte Bea und deutete auf ein großes, gerahmtes Bild über dem Kamin, das eine sehr junge Isabella in einem ausladenden Prinzessinnenkleid mit Schärpe und funkelndem Diadem zeigte.

Isabella Huflattich drehte sich zu ihnen um. »Die Aufnahme stammt aus meiner Jugend, als ich zur Rübenprinzessin gekrönt worden bin«, erzählte sie stolz. Sie wischte sich mit dem Handrücken über die Stirn, und ein leicht wehmütiger Ausdruck trat in ihr Gesicht. »Die Zeiten sind natürlich lange vorbei.« Sie legte das Nudelholz beiseite und putzte sich die Hände an der Schürze ab. »Also, was kann ich für euch tun?«

Svens Miene versteinerte. Er zeigte auf eine Ansammlung weißer Korbstühle, die um einen ovalen Esstisch verteilt standen. »Es ist besser, wenn du dich erst einmal hinsetzt.«

»Habt ihr den Rübendieb geschnappt?« Isabella Huflattich schaute neugierig von einem zum anderen.

»Äh, nein …«, murmelte Sven. Er legte bittend die Handflächen aneinander. »Könnten wir uns bitte setzen?«

»Aber natürlich.« Isabella strich sich arglos eine dünne Haarsträhne, die sich aus dem Zopf gelöst hatte, aus dem Gesicht. »Wie unhöflich von mir!« Mit einer raschen Handbewegung bot sie Bea und Sven einen Platz an, bevor sie sich selbst auf einen Stuhl fallen ließ. Sie schlug die Beine übereinander und blickte Sven fragend an.

Er räusperte sich. »Es ist so … wir haben Gunnar bei seinen Rüben gefunden.«

Isabella lächelte. »Ja, wo denn sonst? Dort ist er zurzeit fast immer. So kurz vor dem Wettbewerb nutzt er jede Minute, um nach seinen Rüben zu schauen.« Sie massierte sich die Hände. »Er ist so ehrgeizig. Er würde alles machen, um auch in diesem Jahr wieder den Wettbewerb zu gewinnen.«

Sven schüttelte den Kopf. »Nein, nein, das hast du falsch verstanden. Er ist … Wir … Also, es ist so …« Er atmete tief durch. »Was wir dir leider mitteilen müssen, ist, dass er tot ist.«

Isabellas Augen weiteten sich. »Das … meinst du nicht ernst?«

»Doch.« Sven beugte sich vor. »Wir haben ihn tot in seinem Rübenfeld gefunden. Es tut uns sehr leid.«

»Unser aufrichtiges Beileid!«, fügte Bea hinzu.

»Aber das kann nicht sein!« Isabella sprang von ihrem Stuhl auf. An ihrem Hals zeichneten sich hellrote Flecken ab. »Er war doch sogar zwischendurch noch mal hier, um seinen Kaffee zu trinken.« Sie deutete auf eine breite Arbeitsfläche, auf der sich verschiedenes Geschirr angesammelt hatte. »Dort steht seine Tasse.«

Wie zum Beweis angelte sie sich die Kaffeetasse und hielt sie ihnen hin. Dann wandte sie sich mit zittriger Hand einem dunkelblauen Kleidungsstück zu, das über einer der Stuhllehnen hing. »Und hier ist seine Strickjacke, die er heute Morgen anhatte.«

Sven stand auf und griff behutsam nach ihrer Hand. »Ich weiß, das muss ein furchtbarer Schock für dich sein. Sag, wenn wir dir irgendwie helfen können.« Er bugsierte sie zu ihrem Stuhl zurück, auf den sie sich widerstandslos sinken ließ.

Isabella schluckte, und ihre Augen füllten sich mit

Tränen. »Ich kann das einfach nicht glauben.« Sie atmete schwer. »Kann ich ihn sehen?«

»Das ist im Moment etwas schwierig«, sagte Sven. »Er wurde bereits in die Gerichtsmedizin nach Bad Frankenberg gebracht.« Er tätschelte sanft ihre Hand. »Aber bestimmt lässt es sich irgendwie arrangieren, dass du ihn noch einmal sehen kannst.«

»Wie ist er gestorben?«, fragte Isabella leise.

Sven zog einen Stuhl zu ihr heran und setzte sich. »Das wissen wir noch nicht genau, doch wir haben Grund zu der Annahme, dass es sich um ein Gewaltverbrechen handelt.«

Ein heftiges Beben durchfuhr Isabellas Körper. »Er wurde … ermordet?«

Bea nickte. »Davon gehen wir aus, ja.«

Isabella starrte sie fassungslos an. Tränen liefen ihr über die Wangen.

»Hast du eine Idee, wer ihm das angetan haben könnte?«, wollte Sven wissen. »Es gibt ja sicher ein paar Leute, bei denen Gunnar nicht so beliebt war.« Sein Versuch, sich diplomatisch auszudrücken, scheiterte kläglich.

Empörung trat in Isabellas Blick. »Mein Mann hatte gewiss seine Fehler und Schwächen, aber solch ein Ende hat er auch nicht verdient.«

Sven machte eine beschwichtigende Geste. »Natürlich nicht. So etwas verdient wirklich niemand.« Er faltete die Hände wie zum Gebet und sah Isabella mitfühlend an. »Wir werden alles tun, damit der Täter gefasst und zur Rechenschaft gezogen werden kann. Das verspreche ich dir.«

Isabella nickte. »Ich weiß.« Die Tränen strömten nun wie ein stetes Rinnsal aus ihren Augen.

»Und wenn dir noch etwas einfällt – egal, wie belanglos es dir auch erscheint, dann kannst du dich immer und jederzeit an uns wenden«, fügte Sven noch hinzu.

»Danke«, schluchzte Isabella leise.

Bea räusperte sich. »Eine Frage habe ich noch: Gunnar hat gestern öffentlich angekündigt, zum Rübenfest ein schockierendes Geheimnis enthüllen zu wollen. Was könnte er damit gemeint haben?«

Isabella runzelte angestrengt die Stirn und zuckte dann mit den Schultern. »Ich weiß es nicht.« Sie wischte sich mit einem Zipfel ihrer Schürze die Tränen aus dem Gesicht, doch schon flossen neue nach. »Er stand eben gern im Mittelpunkt. Vielleicht war das alles auch nur eine Show, um die Aufmerksamkeit auf sich zu lenken.« Sie rang nach Luft. »Ich weiß jedenfalls von keinem Geheimnis.«

»Das glauben wir dir auch«, erklärte Sven rasch. »Können wir jemanden anrufen, damit er bei dir bleibt?« Er wusste, dass Isabella im Ort keine Angehörigen hatte. »Eine Freundin vielleicht?«

Doch die Bäuerin schüttelte nur weinend den Kopf.

Sven blickte Bea an. »Vielleicht sollten wir dann den Landfrauen Bescheid geben, damit jemand vorbeikommt und sich um sie kümmert.«

»Gute Idee«, meinte Bea. »Am besten Brunhilde.«

Sven nickte zustimmend. Brunhilde Meuselböck, die Metzgersgattin, gehörte nicht nur zu ihrem gemeinsamen Freundeskreis, sondern war auch über die Maßen hilfsbereit.

Er betrachtete Isabella. Die Frau tat ihm furchtbar leid. Sie sah aus wie kurz vor einem Nervenzusammenbruch. »Ich verständige zusätzlich noch den Feigenbaum«, sagte er und zückte sein Handy. Der Apotheker Carl Feigenbaum, der in einem früheren Leben ein Medizinstudium abgeschlossen hatte und als omnipotente

Instanz im Dorf galt, wurde schließlich bei allen gesundheitlichen Belangen um Rat gefragt.

Nachdem sowohl die Metzgersgattin als auch der Apotheker eingetroffen waren und ihnen versprochen hatten, ein Auge auf Isabella zu haben, machten sich Sven und Bea wieder auf den Weg.

Sven genoss die kurze Pause und betrachtete das bunte Herbstlaub, das die Wege bedeckte und in der Nachmittagssonne leuchtete. Auch die sanften Hügel in der Ferne zogen seinen Blick an. Wie wunderschön und idyllisch dieser Ort doch war. Und wie tief die Abgründe, die sich immer wieder von Neuem auftaten.

Ihre nächste Station war Gunnars Bruder Gisbert Huflattich, der in einem kleinen Fachwerkhaus lebte. Im Erdgeschoss befand sich auch sein Atelier, in dem er Skulpturen aus Bronze und Ton fertigte.

Gisbert Huflattich war ein zierlicher Mann um die vierzig, der großen Wert auf ein gepflegtes Äußeres legte, sich durch gute Manieren auszeichnete und sich damit sowohl charakterlich als auch optisch stark von seinem Bruder unterschied. Bereits bei der Begrüßung nahm Sven den Geruch eines markanten Männerparfüms wahr. Gegensätzlicher als Gisbert und Gunnar konnten zwei Männer kaum sein.

»Wir haben leider keine guten Neuigkeiten«, begann Sven, nachdem sie Gisbert in das hell erleuchtete und überraschend geräumige Atelier gefolgt waren. »Gunnar ist tot. Er wurde ermordet.«

Gisbert atmete einmal tief durch und strich über eine kleine Bronzeskulptur, die entfernt an einen Schwan erinnerte und mitten im Raum auf einem Steinsockel aufgestellt war. Dann nickte er, als hätte er diese Nachricht irgendwann erwartet. »Ich sage euch klipp und klar, wie es ist: Mein Bruder war ein tyrannischer und selbstgefälliger Egoist. Ich weine ihm keine einzige Träne nach.«

Sven breitete die Arme aus. »Na, immerhin bist du offen und ehrlich.«

»Wir standen uns nie besonders nahe«, erzählte Gisbert. »Selbst als Kinder nicht. Und das lag nicht nur am Altersunterschied.« Er schenkte sich ein Glas Rotwein ein. »Gunnar hatte keinen Sinn für Harmonie. Kunst und Kultur interessierten ihn nicht.« Er hielt die Weinflasche in die Höhe und blickte Sven und Bea fragend an.

Die beiden schüttelten den Kopf. Sven fragte sich, wie man schon tagsüber Wein trinken konnte. Aber vielleicht war das bei Künstlern ja so. Oder setzte die Nachricht vom Tod seines Bruders Gisbert doch mehr zu, als er zugeben wollte?

»Hast du eine Ahnung, wer einen Grund gehabt haben könnte, ihn zu ermorden?«, wollte Sven wissen.

Gisbert nippte an seinem Wein. »Die Frage ist wohl eher, wer keinen hatte.«

Sven musterte ihn. »Hattest du denn einen?«

»Ich habe ihn nicht gehasst, wenn du das meinst«, entgegnete Gisbert. »Er war mir vielmehr gleichgültig.« Er atmete geräuschvoll aus. »Ich weiß, das klingt hart, immerhin war er ja mein Bruder. Aber so war es nun mal.«

»Verstehe«, murmelte Sven, während sein Blick über einen Tisch mit einer Reihe halb fertiger Skulpturen glitt. Er konnte beim besten Willen nicht sagen, was sie darstellen sollten. Mit abstrakter Kunst hatte er nicht viel am Hut. »Gab es denn jemanden, mit dem er ausgekommen ist?«

Nachdenklich schwenkte Gisbert sein Weinglas herum. »Ich wage zu bezweifeln, dass er hier in der Gegend überhaupt einen Freund gehabt hat.« Er zuckte mit den

Schultern. »Isabella hat natürlich immer zu ihm gehalten.«

»Dann war die Ehe der beiden glücklich?«, hakte Sven nach.

Gisbert neigte den Kopf etwas zur Seite. »Ich weiß nicht, ob ich das beurteilen kann, doch auf mich machten die zwei stets einen recht innigen Eindruck.«

Sven dachte an die wenigen Gelegenheiten, bei denen er Gunnar und Isabella Huflattich gemeinsam begegnet war. Dabei hatten sie stets wie ein ganz normales Ehepaar gewirkt, und wenn er sich recht erinnerte, hatte sich Gunnar seiner Frau gegenüber sogar sehr zuvorkommend verhalten.

Bea, die sich bislang im Hintergrund gehalten hatte, drehte sich nun zu Gisbert um. »Wissen Sie, welches Geheimnis Gunnar zum Rübenfest enthüllen wollte?«

Gisbert Huflattich zog eine Augenbraue hoch. »Hatte er das vor?«

Bea nickte. »Er hat es gestern öffentlich angekündigt.«

Gisbert seufzte. »Mein Bruder hat sich einen Spaß daraus gemacht, andere Leute auszuspionieren und das dadurch erlangte Wissen für seine Zwecke einzusetzen.«

»Du meinst, er hat jemanden erpresst?«, fragte Sven.

»Mit Sicherheit«, antwortete Gisbert und trank einen weiteren Schluck von seinem Wein.

»Und weißt du auch, wen?«, hakte Sven neugierig nach.

»Nein, keine Ahnung.« Gisbert Huflattich schüttelte den Kopf. »Das herauszufinden ist ja auch eher eure Aufgabe.«

»Ja klar«, sagte Sven, »und das werden wir auch. Darauf kannst du dich verlassen.«

8. Ein Königreich für eine Rübe

Kurt Pfeiffer fluchte laut. Vor ihm auf dem Schreibtisch lag der vorläufige Bericht der Gerichtsmedizin, aus dem zweifelsfrei hervorging, dass es sich bei dem Tod von Gunnar Huflattich tatsächlich um ein Verbrechen handelte. Der Mann war an einem Genickbruch gestorben, aber auch die Verletzungen im Bauchraum, die ihm, wie Bea bereits vermutet hatte, mit großer Wahrscheinlichkeit von einer vierzinkigen Mistgabel zugefügt worden waren, wären absolut tödlich gewesen.

»Verdammter Mist!«, fluchte Pfeiffer erneut und donnerte mit der flachen Hand auf den Tisch. Schon seit er am Mittag sein Büro im Kommissariat von Bad Frankenberg betreten hatte, war seine Laune auf den absoluten Nullpunkt gesunken. Und auch jetzt, einige Stunden später, war die Stimmung nicht besser geworden.

Ein neuer Kollege, der vor Kurzem aus dem Betrugsdezernat zur Mordkommission versetzt worden war, hatte für die gesamte Belegschaft eine riesige Ladung Mettbrötchen mitgebracht. Pfeiffer, der sich schon seit vielen Jahren bewusst vegetarisch ernährte, hatte sich sofort angewidert abgewandt und mit grimmiger Miene in sein Büro zurückgezogen.

Rohes, zerhacktes Fleisch – allein der Anblick ekelte ihn so stark, dass er nur mit Mühe die aufkeimende Übelkeit unterdrücken konnte. Und dann noch dieser widerwärtige Geruch, von dem immer alle behaupteten, er würde sich das nur einbilden und niemand sonst könne ihn wahrnehmen! Frisches Fleisch roch ja angeblich nicht. Das empfand Pfeiffer freilich ganz anders. Wenn etwas tot war, dann war es auch nicht mehr frisch. Also roch es auch. Diese markante Ausdünstung nach Tod und Verwesung ließ ihn jedes Mal bis ins Mark erschauern.

Außerdem war es eine bodenlose Unverschämtheit, ihm so etwas Ekelhaftes unter die Nase zu halten, nachdem er erst kurz zuvor über eine Leiche gestolpert war. Konnte man denn von seinen Mitmenschen nicht ein kleines bisschen Sensibilität und Fingerspitzengefühl erwarten? Es war wirklich zum Verzweifeln! Tote Menschen, tote Tiere, wohin man auch kam. Erst die Leiche, dann die Mettbrötchen – das war eindeutig zu viel Tod für einen Tag.

Um seine malträtierten Nerven zu beruhigen und die quälenden Gedanken an die Endlichkeit des Lebens zu zerstreuen, begab Kurt Pfeiffer sich in eine Ecke seines Büros, in der er vor ein paar Tagen eine Staffelei aufgebaut hatte. Versonnen betrachtete er die gerahmte Leinwand mit dem halb fertigen Porträt. Ob dieser laienhafte Versuch einer Abbildung dem Original gerecht wurde?

Nein, das ging ja gar nicht, so unnachahmlich, wie Bea war. Pfeiffer lächelte selig. Wie sehr er diese klugen, smaragdgrünen Augen liebte! Auch die roten, widerspenstigen Haare und die lustigen Grübchen in den Wangen liebte er abgöttisch. Ach, Bea! Er wollte doch nur mehr Zeit mit ihr verbringen. Tee trinken. Spazieren gehen. Friedlich und unbeschwert. Weit weg von allem, was ihn an den Tod erinnerte. Für einen Mordfall war in seinen Träumen jedenfalls kein Platz gewesen.

Er griff nach einer Tube Karmesinrot und trug eine etwa walnussgroße Menge auf eine bunt bekleckste Palette auf. Dann nahm er einen dünnen, feinborstigen Pinsel und tunkte ihn in die Farbe.

Während seiner Zeit auf der Insel Rügen hatte er fast täglich gemalt – hauptsächlich jedoch Stillleben und Landschaftsbilder. Die Steilküste Rügens war ein perfektes Motiv. Und die Malerei vertrieb sofort seine Sorgen. Ja, die Betätigung mit Pinsel und Farben hatte etwas ungemein Entspannendes. Fast wie eine Meditation.

An ein Porträt hatte er sich jetzt zum ersten Mal gewagt, und wenn er ehrlich war, fand er das Ergebnis bisher gar nicht so übel.

Mit flinken Pinselstrichen trug er mehr und mehr der karmesinroten Farbe auf, und Beas Haare leuchteten wie züngelnde Flammen.

Ob ihr das Bild gefallen würde? Ob sie erkennen würde, wie wichtig sie ihm war? Er könnte es ihr zum Rübenfest schenken, wenn er rechtzeitig fertig wurde.

Sein Blick wanderte zu seinem Schreibtisch zurück. Wenn er doch nur eine Möglichkeit fände, diesen vermaledeiten Mordfall so schnell wie möglich abzuschließen! Klar, er konnte die Angelegenheit nicht ohne Weiteres zu den Akten legen, und genauso wenig würde er einem seiner Kollegen den Fall aufdrücken können. Damit würde er Bea nur enttäuschen. Nein, er musste sich persönlich darum kümmern und den Täter schnellstmöglich dingfest machen.

Dann könnte er sich auch endlich wieder ganz auf Bea konzentrieren. Und sie könnten zusammen Spaziergänge unternehmen, Tee trinken oder auch in aller Ruhe nach dem Rübendieb suchen. Dabei würde ihnen niemand Druck machen. Und niemand würde sterben. Ja, das war ein guter Plan. Er brauchte nur den Mörder ausfindig zu machen, und alles wäre wieder in bester Ordnung.

Pfeiffer runzelte die Stirn. Doch woher sollte er einen Mörder nehmen?

Während er den Pinsel an einem alten Tuch abrieb, zermarterte er sich für eine Weile das Gehirn.

Eines war sicher: Der Täter musste eine Mordswut auf Gunnar Huflattich gehabt haben. Eine Mistgabel setzte man schließlich selten im Affekt ein – außer man hatte das Ding gerade zur Hand. Unwillkürlich dachte Pfeiffer an den Friseur Borwin Wandelohe. Der war schon ziemlich wütend geworden, als Huflattich gestern in seinen Salon geprescht war und die Präsentation seines Kochbuchs unterbrochen hatte. Gunnar Huflattich hatte ihm ja geradezu die Show gestohlen.

Auch später war es in den Gesprächen hauptsächlich um den dreisten Kerl gegangen. Sogar die Lokalzeitung hatte darüber berichtet, und Borwin Wandelohes Kochbuch war dabei nur eine Randnotiz gewesen. Pfeiffer spürte, wie ihm die Endorphine durch den Körper schossen. Die Spur war heiß! Durchaus denkbar, dass der Friseur sich für Huflattichs gemeine Störung gerächt hatte.

Doch so sehr Pfeiffer sich auch freute, endlich einen Verdächtigen ins Auge gefasst zu haben, desto mehr wurde ihm bewusst, dass dies ein echtes Problem darstellte. Denn Borwin war ein guter Freund von Bea und in ihren Augen damit bestimmt über jeden Verdacht erhaben.

Pfeiffer wusste, dass er schon stichhaltige Beweise würde vorbringen müssen, um aus dieser Zwickmühle wieder herauszukommen und Bea zu überzeugen. Sonst brachte er sie gegen sich auf, und das wollte er auf gar keinen Fall.

Ein lautes Knurren riss ihn aus seinen Gedanken. Es dauerte einen Moment, bis ihm klar wurde, dass das Geräusch aus seinem Magen drang.

Nun fiel ihm auch wieder ein, dass er seit dem Frühstück nichts mehr gegessen hatte, und selbst diese Mahlzeit war eher spärlich ausgefallen. Aber nach dem Leichenfund und dem Anblick der Mettbrötchen hatte er auch überhaupt keinen Appetit mehr gehabt. Jetzt, da die Übelkeit endlich vollständig abgeklungen war, hatte er einen Mordshunger. Er sah in seinen Hosen- und Jackentaschen nach, ob sich wenigstens ein Kaugummi oder Bonbon fand. Doch Fehlanzeige.

Wieder fluchte Pfeiffer. Er hätte sich vorhin auf dem Rübenfeld doch wirklich mal eine Rübe einstecken sollen.

9. Waschen, legen, Rüben schneiden

Nachdem Bea am nächsten Morgen gefrühstückt und die kleine Lotta in den örtlichen Kindergarten gebracht hatte, machte sie sich auf den Weg zu Borwins Frisiersalon. Sie hatte sich vorgenommen, mehr über Gunnar Huflattich sowie vor allem über dessen Gewohnheiten und Eigenarten in Erfahrung zu bringen. Borwins Salon war ein Umschlagplatz für Informationen aller Art und damit der Ort, an dem sie dazu am ehesten etwas herausfinden konnte. Vielleicht kam sie dabei sogar dem Geheimnis, das Huflattich zum Rübenfest hatte preisgeben wollen, auf die Spur.

Sie öffnete die Tür und registrierte sofort, dass das Schellen der Türglocke fehlte. War die Glocke etwa kaputt? Auch hatte noch niemand im Salon Notiz von ihr genommen, sodass sie unbemerkt den Raum betrat.

Borwin stand an einem Spülbecken in einer hinteren Ecke mit dem Rücken zu ihr und werkelte emsig vor sich hin. Nicht weit von ihm waren zwei Kundinnen ganz in ein Gespräch vertieft. Eine von ihnen hatte große gelbe Plastiklockenwickler im Haar. Das konnte nur Brunhilde Meuselböck sein, die Metzgersgattin. Im Stuhl neben ihr saß Hanna Schäfer, die Bea von den Treffen der Landfrauen kannte. Ihre Haare waren in Strähnen unterteilt, von denen jede mit Alufolie umwickelt war.

»Ich kann es gar nicht erwarten, endlich das Ergebnis zu sehen«, schnatterte sie aufgeregt. »Hoffentlich wird es genauso toll wie bei dir!«

Brunhilde Meuselböck nickte enthusiastisch, wobei ihr großer Kopf auf dem viel zu dünnen Hals bedrohlich hin- und herwackelte. »So eine neue Farbe macht etwas mit einem. Ich fühle mich zehn Jahre jünger. Sogar dem Erwin ist es aufgefallen!«

»Und das will was heißen!«, meinte Hanna Schäfer begeistert. »Normalerweise bekommen Männer ja nie mit, wenn man beim Friseur war.«

»*Betörender Flieder* ist im Moment der Renner!«, rief Borwin, ohne sich umzudrehen. »Seitdem du, liebe Brunhilde, vorgestern bei meiner Buchpräsentation warst, gab es schon achtzehn Anfragen! Alle wollen es plötzlich. Ich glaube, du hast in Hummelstich einen neuen Trend gesetzt.«

Bea, die die Unterhaltung schmunzelnd verfolgt hatte, drückte auf eine kleine Tischklingel, die auf dem Anmeldetresen stand. »Hallo zusammen!«

Borwin wirbelte herum, und auch Brunhilde und Hanna sahen auf. »Hallo, Bea!«, riefen sie im Chor.

Borwin streifte sich die Gummihandschuhe von den Händen und kam freudestrahlend auf Bea zu. »Ich habe dich gar nicht hereinkommen hören, meine Liebe. Ach, vermutlich spinnt die Türglocke wieder. Kann ich etwas für dich tun?«

Bea grinste. »Keine trendige Fliederfarbe für mich, bitte. Spitzen schneiden reicht mir völlig.«

»Gern«, sagte Borwin. »Wenn du ein wenig Zeit mitgebracht hast?«

»Selbstverständlich«, antwortete Bea lächelnd. »Jede Menge sogar.«

»Bitte, nimm Platz.« Borwin deutete auf den freien Frisierstuhl neben Brunhilde und wartete, bis Bea sich gesetzt hatte. »Magst du etwas trinken? Einen Cappuccino? Oder einen Sekt?«

»Nein, danke.« Bea winkte ab. »Ich habe doch gerade erst gefrühstückt.«

»Der Sekt ist aber lecker.« Brunhilde Meuselböck griff nach ihrem Glas, das etwa zur Hälfte gefüllt war. »Und er regt den Kreislauf an.«

»Außerdem gehört das zum Wellnessprogramm«, sagte Hanna Schäfer und kicherte vergnügt.

Bea grinste. Sie wusste, wie sehr die Hummelstichler den kulinarischen Freuden zugetan waren. Jeder hier aß und trank gern. Egal, wie spät es war. »Na gut, ich nehme auch einen Schluck.«

Mit der Anmut einer Feder tänzelte Borwin durch den Raum und kehrte bald mit einem vollen Sektglas zurück.

»Sehr zum Wohl, meine Damen!«

»Prost!«, riefen Brunhilde und Hanna Schäfer wie aus einem Mund.

»Prost!« Bea kostete das fein perlende Gesöff. Es war in der Tat ausgezeichnet. »Danke, dass du dich gestern um Isabella gekümmert hast«, sagte sie zur Metzgersgattin gewandt.

»Das habe ich gerne gemacht«, entgegnete Brunhilde. »Wir Frauen müssen doch zusammenhalten.«

»Richtig so«, pflichtete Hanna Schäfer ihr bei.

»Geht es ihr besser?«, erkundigte sich Bea.

Brunhilde wackelte mit dem Kopf. »Ein wenig. Die Sache nimmt sie ganz schön mit.«

»Arme Isabella!«, seufzte Hanna Schäfer.

»Hallihallo!«, rief eine Stimme.

Bea blickte in Richtung der Eingangstür. Elsa Klein-schmidt, die sie ebenfalls vom Landfrauenverein kannte, winkte Borwin fröhlich zu.

»Ich möchte das, was Brunhilde hat.«

Borwin zwirbelte seinen Schnurrbart. »Aber sicher doch. Nur hereinspaziert. Es ist genug *Betörender Flieder* für alle da.« Er blickte kurz auf seine Armbanduhr. »Doch ein wenig warten musst du schon.«

»Das macht nichts«, sagte Elsa Kleinschmidt und ließ sich auf den nächsten freien Stuhl neben Hanna Schäfer fallen. »Hab ich was verpasst?«

Hanna schüttelte den Kopf, sodass die Alufolie ra-schelte. »Es geht um die Huflattichs. Genau genommen um Isabella.«

Elsa Kleinschmidt nickte ernst. »Furchtbare Sache, das. Furchtbar.«

Gedankenversunken betrachtete Brunhilde Meusel-böck ihr Spiegelbild. »Ja, ja, man weiß nicht, ob man Isabella bemitleiden oder sie beglückwünschen soll.«

»Brunhilde!«, rief Elsa Kleinschmidt schockiert.

»Na, ist doch wahr!« Die Metzgersgattin rückte ihre monströse Brille gerade. »Mein Mann und ich haben immer geahnt, dass es mit diesem Gunnar mal ein böses Ende nehmen wird. So wie er sich ständig aufgespielt hat. Die Dorfgemeinschaft war ihm doch völlig egal! Er hat nur an sich gedacht. Und dann noch sein peinlicher Auftritt vorgestern.«

»Ja, das war wirklich nicht schön«, pflichtete Elsa Kleinschmidt ihr bei. »Der arme Borwin hat mir richtig leidgetan.«

»Alles halb so wild!«, sagte Borwin, während er Frau Kleinschmidt ebenfalls ein Glas Sekt überreichte.

»Trotzdem!«, rief Elsa Kleinschmidt trotzig. »Ich finde, du hättest ihn anzeigen oder ihm wenigstens Hausverbot erteilen sollen, so wie die Heinemanns das gemacht haben.«

Bea horchte auf. Die Heinemanns, die im Dorf das Wirtshaus *Zum Goldenen Lamm* betrieben, hatten Gunnar Huflattich also Hausverbot erteilt. Das war interessant.

»Früher oder später hat es so kommen müssen«, meinte Hanna Schäfer.

»Dieser Kerl hat es ja geradezu darauf angelegt.«

»Stimmt es, dass er zu einigen hier in Hummelstich besonders gemein war?«, fragte Bea.

»Na, das kannst du glauben!«, antwortete Hanna Schäfer. »Zum Beispiel hat er unserer jungen, netten Pastorin unentwegt nachgestellt.«

»Frederike Neuhaus«, murmelte Bea.

Hanna Schäfer nickte, und die Alufolie in ihren Haaren raschelte erneut. »Der Kerl ist immer um die Kirche herumgeschlichen und tauchte dann sogar mal bei einem Gottesdienst auf.« Sie schnaubte. »Als hätte den das interessiert. Der hatte doch mit dem christlichen Glauben so viel am Hut wie ein Kamel mit einem Nadelöhr.«

Bea runzelte die Stirn. Was für ein schräger Vergleich! »Wie hat Frederike denn auf diese Belästigung reagiert?«

Hanna Schäfer nippte an ihrem Sekt. »Sie hat ihm natürlich deutlich gemacht, dass sie nichts von ihm will, und ab da ist er dann richtig eklig zu ihr geworden.« Sie legte eine kurze Pause ein, um sicherzugehen, dass alle an ihren Lippen hingen. »Ich habe gehört, er soll sie mit obszönen Anrufen belästigt haben.«

»So ein Schwein!«, entfuhr es Brunhilde.

Borwin, der Stück für Stück die Lockenwickler aus dem fliederfarbenen Haar der Metzgersgattin herausdrehte, stöhnte entsetzt auf. »*Dios mío!* Was für ein Frevel!«

»Tja, aber es geht noch dreister!«, mischte sich Elsa Kleinschmidt ein. »Wenn ich daran denke, was er mit den Heinemanns veranstaltet hat.«

Bea, die natürlich neugierig war, warum die sympathischen Wirtsleute Gunnar Huflattich Hausverbot erteilt hatten, versuchte, möglichst beiläufig zu klingen. »Was denn?«

»Na, angeschwärzt hat er sie«, erzählte Elsa Kleinschmidt aufgeregt. »Beim Gesundheitsamt. Das habe ich von meiner Cousine erfahren. Die arbeitet doch da.«

»Dann weißt du bestimmt auch, um was es dabei ging«, hakte Bea nach.

Elsa Kleinschmidt nickte. »Angeblich soll es ein Problem mit der Hygiene gegeben haben. Ungeziefer und so.«

»Ungeziefer?«, fragte Brunhilde verwirrt.

»Kakerlaken«, erklärte Elsa Kleinschmidt.

Hanna Schäfer schaute sie entsetzt an. »Nein!«

»Doch.«

»Igittigitt!«, rief Brunhilde und verzog das Gesicht.

»Da war ja auch sicher nichts dran.« Elsa Kleinschmidt zuckte mit den Schultern. »Ich meine, jeder weiß doch, dass die Heinemanns nette und ordentliche Leute sind. Huflattich hat das Gerücht bestimmt nur aus reiner Boshaftigkeit in die Welt gesetzt. Um den Heinemanns zu schaden.«

»Unglaublich!«, stöhnte Hanna Schäfer.

»Dieser fiese Möpp!«, stimmte Brunhilde ihr zu.

Borwin, der mittlerweile alle Lockenwickler entfernt hatte und nun das Haar der Metzgersgattin mit einem Kamm auftoupierte, seufzte leise. »Zumindest lässt sich aus heutiger Sicht sagen, dass ihm seine Boshaftigkeit am Ende nicht gut bekommen ist.«

»Stimmt«, sagte Elsa Kleinschmidt. »Jetzt kann Gunnar niemanden mehr terrorisieren.«

»Es hat sich austerrorisiert«, meinte auch Hanna Schäfer. »Aus. Vorbei. *Fini.*«

Elsa Kleinschmidt nahm einen großen Schluck von ihrem Sekt. »Die Heinemanns werden drei Kreuze machen.«

»Und die gute Frederike auch«, fügte Brunhilde Meuselböck hinzu. Zufrieden betrachtete sie ihre Frisur im Spiegel. »Ach, Bea, was ich dich noch fragen wollte: Du nimmst doch bestimmt auch am Backwettbewerb teil?«

Bea, die ein wenig überrascht über den abrupten Themenwechsel war, schaute kurz irritiert drein. »Meinst du den Wettbewerb zum Rübenfest?«

Brunhilde nickte eifrig. »Ja. Der Wettbewerb um das beste Rübengebäck. Du nimmst doch auch daran teil, oder?«

»Nein«, antwortete Bea. »Ich glaube nicht, dass ich da eine Chance habe. Ich bin ja nun wirklich keine besonders talentierte Bäckerin.«

»Unsinn.« Die Metzgersgattin lächelte. »Dein Hummelkuchen war doch phänomenal.«

Bea erinnerte sich nur zu gut. Bevor sie im Verein der Landfrauen aufgenommen worden war, hatte sie als eine Art Prüfung einen Hummelkuchen backen müssen. Trotz Borwins Hilfe und Anleitung hatte sie damals mehrere Versuche gebraucht. Eine Glanzleistung war das ganz sicher nicht gewesen.

»Also ich fand ihn lecker«, sagte Brunhilde.

»Ja, und außerdem bist du doch eine von uns«, fügte Hanna Schäfer zwinkernd hinzu. »Eine Landfrau. Uns liegt das Backen ja praktisch im Blut.«

»Das stimmt schon«, meinte Bea, die keine Lust auf große Diskussionen über ihre Backkünste hatte. »Aber ich habe im Moment überhaupt keine Zeit. Wie ihr wisst, gibt es einen Mord aufzuklären.«

Elsa Kleinschmidt sah sie mit großen Augen an. »Du suchst lieber nach einem Mörder, als einen Kuchen zu backen? Du bist aber seltsam.«

Hanna Schäfer zuckte mit den Schultern. »Jeder hat halt seine Vorlieben.«

»Na ja, vielleicht überlegst du dir das ja noch mit dem Wettbewerb«, sagte Brunhilde zu Bea. »Wäre wirklich schade, wenn du nicht mit dabei wärst.« Sie besah sich noch einmal im Spiegel. »Ach, sind die Haare wieder schön! Mein Erwin wird Augen machen!«

10. Der Rübenstreit

In Gedanken versunken breitete Sven die Einzelteile des neuen Babybettchens aus. Wer, zum Henker, hatte Gunnar Huflattich umgebracht? Diese Frage trieb ihn schon den ganzen Morgen um und drängte sich – egal, was er auch tat – wie ein lästiger Kobold immer wieder in sein Bewusstsein.

Sven legte die Bauanleitung, die zwar in fünfzehn Sprachen verfasst, aber vollkommen unverständlich formuliert war, achtlos beiseite. Es war ja nicht das erste Babybett, das er aufbaute. Diese Kleinigkeit beherrschte er im Schlaf.

Am allermeisten wurmte ihn, dass der Täter mit großer Wahrscheinlichkeit aus dem Umfeld des Opfers, also aus Hummelstich stammte. Allein rein statistisch sprach alles dafür. Bei einem hohen Prozentsatz aller Tötungsdeklikte handelte es sich schließlich um eine Beziehungstat.

Er öffnete seinen Werkzeugkoffer und zog einen Hammer und einen elektrischen Schraubendreher heraus. Verflixt noch mal! Er wollte nicht wahrhaben, dass sich in Hummelstich – diesem wunderschönen, idyllischen Ort, den er so sehr liebte – immer wieder neue Abgründe auftaten. Warum konnten die Menschen nicht einfach friedlich und bescheiden sein? Der Gedanke, dass sich in seiner Nachbarschaft Mörder tummelten, beunruhigte ihn zutiefst. Hier war sein Zuhause, hier lebten seine Freunde, seine Familie, und hier wuchsen seine Kinder auf.

Zufrieden betrachtete er die frisch gestrichenen Wände, die in einem warmen Sonnengelb erstrahlten. Der weiche Teppichboden unter seinen Füßen leuchtete in einem apfelgrünen Ton. Da sie sich entschieden hatten, sich das Geschlecht ihres Babys noch nicht verraten zu lassen, waren diese Farben eine echt gute Alternative zu Rosa oder Blau. Und egal, ob Mädchen oder Junge – in diesem schönen Zimmer würde sich das Kind auf jeden Fall wohlfühlen.

Stück für Stück setzte Sven die Teile des Babybettchens zusammen, hämmerte Stiftdübel in die vorgebohrten Löcher und zog Schrauben fest. Sie lagen mit den Vorbereitungen gut im Zeitplan. Sogar Lottas ehemalige Wickelkommode hatten sie bereits mit einem neuen Anstrich auf Vordermann gebracht und aufgebaut.

Svens Blick streifte das Mobile, das über der Kommode an der Zimmerdecke angebracht war. Bea hatte es gebastelt und dafür kleine, hübsche Tierfiguren aus Holz geschnitzt. Da gab es eine schielende Kuh, ein rundes Schwein, einen zotteligen Hund, ein zierliches Chamäleon, einen weißen Kakadu und einen bunten Papagei. Sven fand die Hommage an die tierischen Familienmitglieder einfach nur bezaubernd.

Was das wohl für ein Geheimnis war, von dem Gunnar erzählt hatte? Sven verfiel erneut ins Grübeln. Er war derart abgelenkt, dass er nicht bemerkte, wie Sara das Zimmer betrat.

»Du denkst über Gunnar Huflattich nach, nicht wahr?«

Er sah auf und nickte seiner Frau lächelnd zu. Sie kannte und verstand ihn wirklich wie kein anderer.

»Ich hatte so sehr gehofft, dass in diesem Dorf mal eine Zeit lang niemand ermordet wird«, sagte er und seufzte. »Wenigstens bis das Baby da ist.«

Sara strich ihm zärtlich durchs Haar. »Ich glaube, unsere Familienplanung ist dem Mörder reichlich egal.« Sie beugte sich zu ihm herunter und gab ihm einen Kuss auf die Stirn. »Also, worüber genau grübelst du nach, Sherlock?«

Sven begutachtete prüfend die zusammengeschraubten Bettteile. »Ich überlege, welches Geheimnis Gunnar zum Rübenfest verkünden wollte.«

»Er meinte, dass es etwas Schockierendes sei.« Sara setzte sich ihrem Mann gegenüber auf die Auslegeware. »Für mich klang es so, als wollte er irgendjemanden aus dem Dorf in die Pfanne hauen. Zumindest wollte er diesen Eindruck erwecken.«

Unbeirrt fuhr Sven mit der Montage des Babybetts fort. »Wenn wir wüssten, was Gunnar herausgefunden hat, würde uns das vielleicht zu seinem Mörder führen.«

»Wenn er überhaupt etwas herausgefunden hat«, sagte Sara.

»Du meinst, er hat uns allen nur etwas vorgespielt?«

Sie zwirbelte eine Strähne ihres dunkelbraunen Haares. »Würde dich das denn überraschen?«

Sven schüttelte den Kopf. »Nicht wirklich, nein.«

Für einen Moment dachten sie beide nach, sodass nur das surrende Geräusch des elektrischen Schraubendrehers zu hören war.

»Vielleicht hat er sich wirklich bloß wieder aufgespielt«, sagte Sara und strich mit der Hand über den neuen weichen Teppich.

»Oder er hat tatsächlich etwas gewusst.« Sven kratzte sich am Kinn. »Sein Bruder hat mir erzählt, dass Gunnar in letzter Zeit immer wieder bei den Leuten heimlich herumspioniert hat. Vielleicht ist er dabei hinter irgendein schmutziges Geheimnis gekommen.«

Sara sah ihn fragend an. »An was für Geheimnisse denkst du denn da?«

»Keine Ahnung.« Sven zuckte mit den Schultern. »Hahnenkampf? Illegaler Hanfanbau? Ehebruch?«

Sara zog die Stirn kraus. »Aber hätte Huflattich dann nicht eher denjenigen damit erpresst?«

Routiniert befestigte Sven das letzte Teil des kleinen Betts. »Du hast recht, er hätte mit Sicherheit versucht, Kapital aus der Sache zu schlagen.« Er legte den Schraubendreher beiseite. »Und die Kuh, die man melkt, schlachtet man nicht. Er hätte also das Geheimnis kaum verraten.«

»Natürlich kann es auch sein, dass derjenige sich nicht erpressen lassen wollte … «, überlegte Sara laut.

»Und nach Huflattichs Ankündigung, das Geheimnis preiszugeben, Panik bekommen und ihn vorher kaltgemacht hat«, setzte Sven den Gedanken fort.

Sara nickte.

»Bist du Gunnar in letzter Zeit mal über den Weg gelaufen?«, fragte er.

»Zum Glück nicht.« Sara streckte die Beine aus und streichelte ihren Bauch. »Aber warte, vor ungefähr einer Woche bin ich am Haus von Cornelius Völz vorbeigekommen, und im Vorbeigehen habe ich gehört, wie Gunnar und Cornelius sich gestritten haben.« Sie starrte an die Zimmerdecke. »Ziemlich laut sogar.«

Sven legte das Werkzeug in den Koffer zurück. »Davon hast du bislang gar nichts erzählt.« Er schaute zu seiner Frau, die kurz einen Flunsch zog.

»Gunnar war ja ständig auf Streit aus, deshalb habe ich mir dabei nichts gedacht.«

»Hast du mitgekriegt, um was es dabei ging?«, hakte Sven nach.

Sara holte tief Luft. »Ich bin mir nicht sicher, doch ich denke, sie sprachen über den Wettbewerb.« Sie nickte. »Ja, ich glaube, es ging um Rüben.«

»Na ja, um was auch sonst?«, meinte Sven. »Die beiden waren schließlich Konkurrenten.«

Ein irritierter Ausdruck huschte über Saras Gesicht. »Denkst du, Cornelius hat Gunnar umgebracht, um endlich auch einmal zum Bauern mit der dicksten Rübe gekürt zu werden?«

Sven seufzte. »Ich weiß, wie sich das anhört. Aber es sind schon Menschen für weniger ermordet worden.«

»Auf jeden Fall solltest du mal mit Cornelius sprechen und ihn fragen, worüber er mit Gunnar gestritten hat«, sagte Sara.

»Ja, das mache ich.« Sven robbte an seine Frau heran. »Sobald ich alles andere erledigt habe.«

Sie grinste. »Mit dem Kinderzimmer können wir auch später noch weitermachen.«

»Nein, nichts da«, protestierte Sven. »Ich habe dir versprochen, dass die Familie an erster Stelle kommt. Außerdem können genauso gut Bea und Pfeiffer die Befragung übernehmen.«

»Das ist freilich auch eine Möglichkeit«, stimmte Sara zu.

Sie schmiegten sich aneinander und küssten sich leidenschaftlich. Sven genoss die Nähe seiner Frau. Verzückt schloss er die Augen und spürte, wie ihre weichen Lippen sein Ohr berührten.

»Achtung, wir werden beobachtet!«, flüsterte sie.

Irritiert schaute Sven zur Tür. Da saß ein kleines grünes Reptil auf dem Boden und glotzte sie neugierig an. Das Chamäleon! »Noch so ein Ausbruchskünstler!«, stöhnte Sven und dachte an die Bande von Hühnern, die er vor einiger Zeit auf seinem Hof gehalten hatte. Dass Nutzgeflügel derart durchtrieben und kriminell sein konnte, hätte er niemals für möglich gehalten!

»Wenigstens klaut er nicht«, sagte Sara.

»Wer weiß!« Erstaunt beobachtete Sven, wie das Chamäleon langsam heller wurde und den apfelgrünen Farbton des Teppichs einnahm. »Mittlerweile traue ich Tieren alles zu.« Er blickte Sara an. »Ob ich Dr. Jekyll mal darauf ansetzen soll?«

»Bloß nicht!« Sara schüttelte vehement den Kopf. »Wenn du mich fragst, steht der Vogel kurz vor einem Nervenzusammenbruch. Er plappert ununterbrochen vor sich hin. Sein Schnabel steht praktisch gar nicht mehr still.«

Sven seufzte. »Meinst du, er wird eine weitere Persönlichkeitsspaltung erleiden?« Der Papagei, der sich in der Vergangenheit schon für einen Menschen, einen Sphinx und einen Weihnachtsengel gehalten hatte, war immer für eine Überraschung gut.

»Würde mich nicht wundern«, sagte Sara. »Ich hatte ja so sehr gehofft, dass Mr Hyde einen positiven Einfluss auf ihn hat, aber so richtig klappt das noch nicht mit den beiden.«

»Sie sind eben sehr verschieden«, stimmte Sven ihr zu. »Der eine schweigt, der andere redet.« Er betrachtete das Chamäleon, das sich in Bewegung gesetzt hatte und langsam auf sie zugekrochen kam.

Sara streckte den Arm aus und nahm das Tier vorsichtig in die Hand. »Und dieser kleine Schlawiner büxt gerne aus.«

Stirnrunzelnd sah Sven dabei zu, wie sie das Chamäleon kraulte. »Warum genau haben wir uns eigentlich noch mal diesen Zoo angeschafft?«

Sie bedachte ihren Mann mit einem leicht tadelnden Blick. »Zwei Vögel und ein Sylvester machen noch keinen Zoo.«

»Moment!« Sven nickte in Richtung des Mobiles. »Da gibt es ja noch unseren Hund Krümel, die Schweine Fiona und Pit, die schielende Trudi und ein Dutzend weiterer Kühe. Und Lotta würde am liebsten noch ein Pferd haben.«

»Eigentlich möchte sie ein Einhorn.« Sara lachte. »Okay, du hast recht, es ist ein Zoo!« Sie legte einen Arm um seine Schulter und lehnte sich an ihn an. »Aber würdest du auch nur eines der Tiere wieder hergeben wollen?«

»Nein!«, antwortete Sven und wunderte sich selbst, mit welcher Bestimmtheit das Wort über seine Lippen kam. »Um keinen Preis der Welt!«

11. Der Schnitt in der Rübe

Als Kurt Pfeiffer mit seinem Dienstwagen über die schmale, gewundene Landstraße fuhr und das Ortseingangsschild von Hummelstich passierte, stand die Sonne bereits hoch am Himmel. Um seine empfindlichen Augen vor dem hellen Tageslicht zu schützen, trug er eine extradunkle Brille. Zusätzlich hatte er die Sonnenblenden des Wagens auf beiden Seiten heruntergeklappt. Trotzdem brannten seine Augen, und der Gedanke, den Schutz des Autos bald wieder verlassen zu müssen, bescherte ihm das allergrößte Unbehagen. Er fühlte sich wie ein Vampir, dem schon vor langer Zeit der Appetit auf Blut vergangen war. Ihm schwanden die Kräfte. Er war völlig ausgelaugt.

Seit gestern Mittag war Kurt Pfeiffer nicht mehr zu Hause gewesen, und bis auf ein kurzes Nickerchen hatte er sich keinerlei Ruhe gegönnt. Stattdessen hatte er die ganze Nacht in seinem Büro in Bad Frankenberg damit zugebracht, über den aktuellen Mordfall und eine schnellstmögliche Lösung desselben nachzugrübeln. Gegen den Hunger hatte er sich von einem lokalen Lieferservice eine Pizza Margherita bringen lassen und dazu eine ganze Flasche Lambrusco geleert, die irgendjemand in der kleinen Küche des Kommissariats hatte stehen lassen.

Pfeiffer wusste nicht, ob es an der Wirkung des Alkohols lag, doch bei Anbruch der Morgendämmerung war in ihm ein Plan gereift. Er würde sich einer List bedienen und den Hauptverdächtigen aufs Glatteis führen. Wenn es ihm gelang, Borwin Wandelohe unauffällig auf den Zahn zu fühlen und ihn gleichzeitig in Sicherheit zu wiegen, würde dieser vielleicht unvorsichtig werden. So unvorsichtig, dass er sich am Ende selbst verriet. Dann brauchte Pfeiffer die Falle nur noch zuschnappen zu lassen, und alles könnte wieder so werden wie früher.

Während seiner nächtlichen Überlegungen war es Pfeiffer außerdem gelungen, Beas Porträtgemälde fertigzustellen, und da er mit dem Ergebnis höchstzufrieden war, stand auch sein nächster Entschluss bereits fest. Er würde Bea das Bild zum Rübenfest schenken und ihr seine Liebe gestehen. Bis dahin hatte er den Fall gelöst und den Täter hinter Schloss und Riegel gebracht.

Getrieben von diesem glorreichen Gedanken bog er in eine schmale Gasse ein und parkte das Dienstauto unweit der Kirche in einer offenen Toreinfahrt. Während er den Arm schützend vor sich hielt, um sich vor dem Sonnenlicht abzuschirmen, schälte er sich aus dem Wagen. In der Nähe bellte ein Hund, und die Glocke des Kirchturms schlug genau zwölf Mal.

So schnell er konnte, eilte Pfeiffer auf den Frisiersalon zu und rauschte wie ein Gejagter zur Tür hinein. Erst als er ein paar Schritte in den Laden hineingegangen war, setzte er die Sonnenbrille ab.

Borwin Wandelohe stand hinter dem Anmeldetresen und musterte Pfeiffer neugierig. »Herr Kommissar, wie kann ich Ihnen behilflich sein?«

»Ich benötige dringend eine gründliche Rasur«, sagte

Pfeiffer und ließ sich, ohne zu zögern, auf den nächstbesten Frisierstuhl fallen. Erst jetzt registrierte er, dass er der einzige Kunde war.

Der dralle Halbspanier zwirbelte seinen Schnurrbart. »Ich wollte zwar eigentlich gerade in die Mittagspause gehen, aber für Sie, Herr Kommissar, mache ich natürlich gerne eine Ausnahme.«

»Das ist sehr freundlich.« Pfeiffer rang sich mühevoll ein Lächeln ab.

Borwin Wandelohe wieselte mit einem schwarzen Frisierumhang herbei, den er schwungvoll ausbreitete und in Pfeiffers Nacken befestigte. »*Naturalmente!* Beas Freunde sind auch meine Freunde.«

Diesmal verkniff sich Kurt Pfeiffer jedwede Reaktion. Er konnte ja schließlich nicht mit einem Tatverdächtigen befreundet sein!

Er sah in den Spiegel und zuckte zusammen. Dass er eine Rasur brauchte, war wirklich nicht gelogen. Schon den ganzen Morgen über hatte er das Gefühl, als wäre in seinem Gesicht über Nacht ein Stoppelfeld entstanden. Und dieser Strauchdieb, der ihn aus dem Spiegel anstarrte, war wahrlich zum Fürchten. Es war nur gut, dass Bea ihn so nicht sah.

»Haben Sie eine lange Nacht gehabt?«, fragte der Friseur, während er einen dicken Rasierpinsel und weitere Utensilien bereitlegte.

Pfeiffer verzog das Gesicht. »Was soll man machen? Die Pflichterfüllung verlangt einem alles ab.«

Borwin Wandelohe nickte verständnisvoll. »Der Fall ›Huflattich‹, nicht wahr?«

»Allerdings«, antwortete Pfeiffer, wobei er es tunlichst vermied, ein weiteres Mal sich selbst im Spiegel anzublicken. Stattdessen fokussierte er sich auf das Spiegelbild des Friseurs. »Eine äußerst verzwickte Angelegenheit.«

Mit dem dicken Pinsel trug Borwin Wandelohe einen zart duftenden Rasierschaum auf Pfeiffers Kinn und Wangen auf. »Verstehe, Sie stecken fest. Na ja, zum Glück gibt es Bea. Sie ist die beste Detektivin weit und breit und steht Ihnen bestimmt gerne mit Rat und Tat zur Seite.«

»Selbstverständlich«, murmelte Pfeiffer. »Wir haben ja schon in der Vergangenheit mehrfach gut zusammengearbeitet.«

»So?« Der Friseur runzelte die Stirn. »Davon hat Bea gar nichts erzählt.«

Pfeiffers Nasenflügel bebten. »Solche Angelegenheiten sind meistens vertraulich.«

»Sicher.« Borwin Wandelohe legte den Pinsel beiseite und griff nach einem Rasiermesser.

Pfeiffer sah, wie die lange, silberne Klinge aufblitzte. Ein mulmiges Gefühl machte sich in seinen Eingeweiden breit, und er musste all seinen Mut aufbieten, um nicht in Panik zu geraten. »Ich fand das ja eine Unverschämtheit, wie dieser Huflattich Ihre Veranstaltung gesprengt hat.«

Vorsichtig setzte der Friseur die Klinge des Messers an Kurt Pfeiffers rechter Wange an. »Es war in der Tat ziemlich unerfreulich.« Flink glitt die Stahlklinge nach unten und hinterließ einen Streifen glatter, frisch rasierter Haut.

Pfeiffer verzog keine Miene. Sein Blick war starr auf den Friseur gerichtet. »Und dann reden alle nur noch über ihn, und über Ihr Kochbuch verliert niemand ein Wort.«

Unbeirrt fuhr Borwin Wandelohe mit der Rasur fort.

»In Anbetracht der Umstände durchaus verständlich. Immerhin wurde er ermordet.«

»Aber von wem?« Pfeiffer versuchte, möglichst verzweifelt zu klingen. »Das ist die Frage.«

»Ich bin mir sicher, dass Sie darauf bestimmt eine Antwort finden werden«, entgegnete der Friseur und widmete sich Kurt Pfeiffers Kinn.

Die nächsten Worte wählte Pfeiffer mit Bedacht. »Möglicherweise bin ich der Antwort schon sehr nah. Wer weiß?« Er spürte, wie die Klinge über sein Kinn bis nah an seine Kehle sauste.

»Verstehe«, murmelte Borwin Wandelohe. »Sie wollen sich nicht in die Karten schauen lassen.«

Pfeiffer, der inständig hoffte, dass sein todesmutiger Plan gelingen und ihm letztlich auch Beas Anerkennung einbringen würde, zog eine Augenbraue hoch. »Als erfahrener Ermittler weiß man, worauf es ankommt. Man muss sich immer alle Optionen offenhalten.«

Der Friseur wischte lächelnd das Messer an einem Tuch ab. »Raffiniert.« Dann wandte er sich Kurt Pfeiffers linker Wange zu.

»Aber nur mal aus Interesse«, sagte der Kommissar. »Wer denken Sie denn, wer es war?«

Borwin Wandelohe hielt kurz inne. »Ich enthalte mich lieber jeder Spekulation. Am Ende wird noch jemand zu Unrecht verdächtigt.« Er setzte das Messer an, und Pfeiffer spürte einen leichten Schmerz.

»Passen Sie doch auf!«

»Verzeihen Sie bitte!« Borwin Wandelohe legte das Messer zur Seite und wischte mit einem Tuch über Kurt Pfeiffers Wange, an der ein etwa ein Zentimeter langer, hauchdünner Schnitt zum Vorschein kam. »Da ist mir ein klitzekleines Missgeschick passiert.«

»Ein Missgeschick?« Pfeiffer betastete seine Wange

und betrachtete dann seine Fingerkuppen. Es klebten winzige Spuren von Blut daran. »Das ist wohl eher ein Fall von Körperverletzung!«

»Ich versichere Ihnen, Herr Kommissar, es war keine Absicht«, entgegnete der Friseur. »Mit etwas Wundspray und einem kleinen Pflaster ist das ganz schnell wieder verheilt.«

»Danke, aber mir reicht's.« Pfeiffer riss sich den Frisierumhang vom Körper und sprang von seinem Stuhl auf. »Borwin Wandelohe, Sie sind verhaftet.«

12. Es ist noch Rübensuppe da!

Im Wirtshaus *Zum Goldenen Lamm* herrschte eine behagliche und entspannte Atmosphäre. Trotz der Mittagszeit war noch nicht besonders viel los. So richtig voll wurde es hier nur am Wochenende und unter der Woche am Abend.

An einem runden Tisch in der Mitte des Lokals saßen die Wirtsleute Paul und Britta Heinemann und neben ihnen die Pastorin Frederike Neuhaus. Bea war überrascht, die Pastorin hier zu sehen, denn für gewöhnlich kam die junge Frau nur sehr selten hierher.

»Hallo, Bea.« Britta Heinemann winkte ihr freundlich zu. »Möchtest du dich zu uns setzen?«

»Danke, gern.« Bea ging zu dem runden Tisch und nahm auf einem der freien Stühle Platz.

»Es ist noch Rübensuppe da!«, sagte Paul Heinemann und erhob sich. »Ich bringe dir gleich mal einen Teller zum Probieren. Was magst du trinken?«

Bea lächelte. »Ein Wasser bitte.« Sie ließ den Blick über den Tisch schweifen, auf dem neben einem hübschen Blumenarrangement drei halb gefüllte Sektgläser und ein Holzbrett mit Käse und Oliven standen.

»Nimm dir was, wenn du magst«, meinte die Wirtin.

»Gern, danke.« Bea angelte sich eine Olive und steckte sie sich in den Mund. Schon kehrte Paul Heinemann mit einem Glas Wasser und einem Teller Rübensuppe zurück und stellte alles vor Bea ab.

»Herzlichen Dank.« Bea sog das würzige Aroma der dampfenden Suppe ein. Sie deutete lächelnd auf die Sektgläser. »Bei Borwin im Laden gab es heute auch schon Sekt. Soll gut für den Kreislauf sein.« Sie sah jeden der Anwesenden der Reihe nach an. »Oder gibt es irgendetwas zu feiern?«

Britta, Paul und Frederike tauschten kurz Blicke.

Die Pastorin zuckte mit den Schultern. »Du findest es ja eh heraus.«

Paul Heinemann lehnte sich in seinem Stuhl zurück. »Wir wollen gar nicht abstreiten, dass wir über Gunnar Huflattichs Tod alles andere als betrübt sind. Es fühlt sich für uns eher wie eine Befreiung an.«

Seine Frau nickte. »Das mag vielleicht pietätlos erscheinen, doch wenn man bedenkt, was wir durchgemacht haben, dann sieht das bestimmt anders aus.« Sie sah zu ihrem Mann, der ihr über den Rücken streichelte.

»Ich habe schon gehört, dass es zwischen Huflattich und euch Unstimmigkeiten gegeben haben soll«, sagte Bea.

Britta Heinemann lachte bitter. »›Unstimmigkeiten‹ kannst du das nicht nennen. Der Mann war eine Plage.«

»Er hat uns das Leben zur Hölle gemacht«, fügte Frederike Neuhaus hinzu.

Bea griff nach dem Suppenlöffel. »Vorschlag: Ich esse in aller Ruhe diese köstlich duftende Suppe, und ihr erzählt mir, was da genau passiert ist.«

»Einverstanden.« Paul Heinemann schaute für einen Moment zur Zimmerdecke, als überlegte er, wie er am besten beginnen sollte. »Huflattich kam früher regelmäßig hierher, an zwei bis drei Abenden in der Woche.«

»Er war also Stammgast«, sagte Bea und kostete von der Suppe, die wirklich exzellent schmeckte.

Britta Heinemann verzog das Gesicht. »Ja, allerdings von der Sorte, auf die man gut und gerne verzichten kann, weil sie einem nur Ärger bringen.«

»Er ist immer wieder ausfällig geworden«, erzählte der Wirt. »Hat die anderen Gäste beleidigt und mit dummen Sprüchen nur so um sich geworfen. Er war auf Provokation aus.«

Seine Frau seufzte. »Wenn Huflattich da war, dann war Streit vorprogrammiert.«

»Es ging sogar so weit, dass andere Gäste das Lokal verlassen haben, sobald er es betreten hat«, berichtete Paul Heinemann.

Bea zog neugierig die Augenbrauen hoch. »Wer denn?«

Paul Heinemann reckte das Kinn vor. »Vollkommen unbescholtene Leute. Rechtschaffene Leute, die nur mal in Ruhe ein Bier trinken wollten.«

Britta Heinemann beugte sich ein kleines Stück vor. »Irgendwann hatten wir genug davon und haben Huflattich Hausverbot erteilt. Das war vor etwas mehr als drei Wochen.« Sie nahm ihr Sektglas und leerte es in einem Zug. »Und ab da fing der Ärger dann richtig an.«

Die Miene ihres Mannes verhärtete sich. »Plötzlich stand ein Vertreter des Gesundheitsamts auf der Matte und meinte, es hätte einen anonymen Hinweis gegeben, dass es bei uns ein Problem mit der Hygiene gäbe, und sie müssten der Sache nachgehen. Gefunden haben sie freilich nichts.«

»Uns war natürlich sofort klar, von wem der Anruf stammte«, ergänzte die Wirtin.

Paul Heinemann rieb sich die Schläfen. »Und dann, vor ungefähr zehn Tagen, habe ich Huflattich in der Küche erwischt. Er muss sich durch den Personaleingang hineingeschlichen haben. Jedenfalls hatte er eine kleine Tüte mit toten Schaben dabei, die er dort deponieren wollte. Ich habe ihn rausgeschmissen und ihm gesagt, dass er sich zum Teufel scheren soll.«

Bea, die ihre Suppe mittlerweile aufgegessen hatte, wischte sich mit der Serviette den Mund ab. »Warum habt ihr euch denn nicht an Sven oder an mich gewandt?«

Verzweiflung lag in Britta Heinemanns Blick. »Was hättet ihr dagegen unternehmen sollen? Was Huflattich getan hat, war zwar boshaft, aber nicht illegal.«

»Na ja«, sagte Bea, »für die Sache mit den Schaben hätte er mit Sicherheit belangt werden können. Und ihr hättet ihn auch wegen Verleumdung anzeigen können.«

»Damit hätten wir alles nur noch schlimmer gemacht«, entgegnete der Wirt. »Wer weiß, auf welche kranken Ideen Huflattich noch gekommen wäre? Am Ende hätte er uns noch das Wirtshaus abgefackelt.«

Seine Frau nickte zustimmend. »Wir hatten keine Lust, so wie unsere Vorgänger zu enden.«

Bea dachte an Lutz und Berta Schimmelpfennig, die früher das Wirtshaus besessen und vor einigen Jahren mit einer Axt ermordet worden waren. Bea war damals als Erste am Tatort gewesen, und der schreckliche Anblick der übel zugerichteten Wirtsleute hatte sich wie kaum ein anderes Bild in ihr Gedächtnis eingebrannt.

»Genau aus dem gleichen Grund habe auch ich die Füße still gehalten«, sagte die Pastorin Frederike Neuhaus leise.

»Dann stimmt es also, dass er dich belästigt hat?«, fragte Bea.

Frederike faltete die Hände wie zu einem Gebet. »Es hat alles damit angefangen, dass er mich bei allen möglichen Gelegenheiten in oberflächliche Gespräche verwickelt hat. Mir war schnell klar, worauf er abzielte. Er wollte mich ins Bett kriegen.«

Ob Isabella davon gewusst hat?, dachte Bea. Und ob Huflattich sich auch noch an andere Frauen herangemacht hat?

»Wie hast du darauf reagiert?«

Am Hals der jungen Pastorin zeichneten sich hellrote Flecken ab. »Ich habe ihm in aller Deutlichkeit gesagt, dass ich kein Interesse an ihm habe und er mich gefälligst in Ruhe lassen soll. Da war dann erst mal eine Weile Funkstille.« Sie atmete geräuschvoll aus. »Vor ungefähr einer Woche fingen dann diese Anrufe an.«

»Er hat dich angerufen?«, hakte Bea nach.

Frederike nickte. »Die Nummer war zwar immer unterdrückt, doch ich bin mir sicher, dass er es war. Zu hören war nur Gestöhne. Total abartig.«

»Und dagegen hast du nichts unternommen?«, fragte Bea ungläubig.

Die Pastorin zuckte mit den Schultern. »Ich habe darüber nachgedacht, mir eine neue Telefonnummer zuzulegen.« Ein Ausdruck der Erleichterung trat in ihr Gesicht. »Doch zum Glück brauche ich das jetzt nicht mehr.«

Bea angelte sich noch eine Olive vom Käsebrett. »Tatsache ist, dass ihr alle drei ein lupenreines Mordmotiv gehabt habt.«

»Da waren wir aber nicht die Einzigen«, protestierte Paul Heinemann sofort.

Bea runzelte die Stirn. »Ich bin ganz Ohr.«

Der Wirt ruderte mit den Armen. »Huflattich hat

doch praktisch mit jedem hier im Dorf Streit gehabt.« Er wiegte den Kopf. »Oder sagen wir, mit ziemlich vielen.«

»Mit dir hat er sich natürlich nicht angelegt«, meinte seine Frau, die Bea ganz genau beobachtete. »Du warst eine Nummer zu groß für ihn.«

»Die Unterwelt meidet dich«, fügte die Pastorin lächelnd hinzu und nippte an ihrem Sekt.

Der Wirt legte die Handflächen aneinander. »Wir haben mit dem Mord nichts zu schaffen, Bea.« Seine Stimme klang eindringlich und ernst. »Aber wir finden auch, dass man dem Verantwortlichen dafür einen Orden verleihen sollte.«

»Den Friedensnobelpreis«, murmelte Frederike nachdenklich.

Bea betrachtete die drei und horchte tief in sich hinein. Sowohl die Wirtsleute als auch die Pastorin hatten ihr offen erzählt, was ihnen widerfahren war, und Bea hatte nicht das Gefühl, dass sie ihr Lügen aufgetischt hatten.

»Bea!«, erklang eine aufgeregte Stimme. »Gott sei Dank, da bist du ja! Ich suche dich schon überall!«

Erschrocken wandte Bea den Kopf und sah, wie Sven auf sie zugestürzt kam.

»Du wirst nicht glauben, was er getan hat!«, begann er völlig außer Atem.

»Wer?«, fragte Bea.

Sven rang nach Luft. »Pfeiffer! Jetzt ist er vollkommen übergeschnappt!«

»Was ist denn passiert, um Himmels willen?«

»Er hat Borwin verhaftet.«

»Was?«, riefen die Heinemanns wie aus einem Mund.

Bea blickte ihn irritiert an. »Wieso?«

Sven seufzte schwer. »Er glaubt, dass Borwin Huflattich ermordet hat.«

»Das ist doch wohl ein schlechter Scherz«, sagte Bea.

Frederike Neuhaus schüttelte entgeistert den Kopf.

In Svens Gesicht zuckte es. Er bebte vor Empörung. »Ich konnte es zuerst auch nicht fassen, aber er meint das total ernst.« Er schaute Bea an. »Wir müssen sofort etwas unternehmen.«

Bea stand auf. Jeder Muskel ihres Körpers war angespannt. »Überlass das mir.«

13. Ach, du dicke Rübe!

Wild entschlossen, Kurt Pfeiffer die Meinung zu geigen, betrat Bea das Kommissariat in Bad Frankenberg. Da sie sich von ihren früheren Besuchen mit den örtlichen Gegebenheiten bereits auskannte, steuerte sie zielstrebig auf das Büro des Kriminalhauptkommissars zu. Im Vorraum traf sie auf einen jungen, schlaksigen Mann mit strubbligen Haaren, dessen ausgewaschene Klamotten ihm mindestens drei Nummern zu groß zu sein schienen. Sicher ein Praktikant, dachte Bea, grüßte kurz und lief auf Pfeiffers Bürotür zu.

»Verzeihen Sie, aber der Herr Kommissar ist gerade zu Tisch«, sagte der junge Mann und lächelte unbeholfen, wobei zwei Reihen strahlend weißer Zähne zum Vorschein kamen.

Bea ließ sich davon nicht beirren. »Ich warte in seinem Büro auf ihn«, erklärte sie mit so viel Nachdruck, dass dem jungen Mann die Kinnlade herunterklappte.

»Aber …«, stammelte er und stand da wie vom Donner gerührt.

Ohne ein weiteres Wort ließ Bea den verdutzten Mitarbeiter links liegen, drückte die Türklinke herunter und trat in Pfeiffers Büro ein.

Was für ein Chaos!, war ihr erster Gedanke. Überall lagen Sachen herum. Da Kurt normalerweise großen Wert auf Ordnung legte, war das durchaus verwunderlich. Bea stakste über eine Ansammlung zerknüllter Zettel hinweg, die achtlos auf dem Boden herumkullerten. Es sah aus, als hätte jemand einen Papierkorb ausgeleert.

Auf einem kleinen Beistelltisch standen eine offene Pizzaschachtel sowie eine Flasche Lambrusco, beide leer, sowie ein benutztes Becherglas, in dem eine Rotweinpfütze halb eingetrocknet war. Ein Stück weiter rechts entdeckte Bea in einem Regal ein angebrochenes Reisezahnputzset. Hatte Kurt etwa die ganze Nacht hier zugebracht? War ihm da die schwachsinnige Idee mit dem Verdacht gegen Borwin gekommen?

Sie ging ein paar Schritte durch den Raum und trat an den Schreibtisch, der im Gegensatz zum Rest des Zimmers sehr aufgeräumt war. Die dunkelgrüne Schreibunterlage schloss genau mit der Schreibtischkante ab. Links davon lagen drei Bleistifte frisch gespitzt in Reih und Glied.

Am rechten oberen Rand des Tisches befand sich ein Stapel Papiere. Bea nahm sie neugierig zur Hand. Es war der Obduktionsbericht.

Sorgfältig las Bea das mehrseitige Dokument durch. Gunnar Huflattich war demnach an einem Bruch seines Genicks gestorben, der laut Meinung der Rechtsmediziner mit großer Wahrscheinlichkeit von einem Sturz auf einen spitzen Gegenstand, wie zum Beispiel einen Stein, verursacht worden war. Die tiefen Verletzungen im Bauchraum, die, wie der Bericht bestätigte, dem Bauern durch die Zinken einer Mistgabel zugefügt worden seien, wären ebenfalls tödlich gewesen. Lediglich die Wunde am Kopf hätte ihn nicht umgebracht.

Bea sah die Szene direkt vor sich. Gunnar Huflattich,

der höhnisch lachte und einen fiesen Spruch von sich gab. Vor ihm eine schemenhafte Gestalt, die von ohnmächtiger Wut getrieben nach einer Mistgabel griff und sie mit aller Kraft Huflattich in den Wanst stach. Das höhnische Lachen erstarb, und Huflattich taumelte rückwärts, den entsetzten Blick auf die Forke gerichtet, die mitten in seinem Körper steckte. Er fiel nach hinten, nahm einen letzten Atemzug und schlug mit dem Genick auf einen Stein auf.

Konnte es sich so zugetragen haben?

Gedankenversunken legte Bea den Obduktionsbericht auf den Schreibtisch zurück. Jetzt erst fiel ihr in der gegenüberliegenden Ecke des Büros eine große Staffelei auf, deren oberer Teil mit einem weißen Leinentuch bedeckt war. Neugierig trat Bea darauf zu und zog das Tuch herunter. Ein Gemälde kam zum Vorschein. Sie betrachtete es eine Weile.

Was für ein kitschiger Schinken! Und dann noch mit ihrem Konterfei darauf. Was hatte Kurt sich denn dabei gedacht? Wieso malte er an seinem Arbeitsplatz überhaupt Bilder?

Bea ließ das Leinentuch zu Boden gleiten und nahm einen tiefen Atemzug. So schlecht war das Bild eigentlich nicht, doch sie war wegen Borwins Verhaftung so wütend, dass ihr in diesem Augenblick sogar ein echter van Gogh missfallen hätte.

Sie hörte, wie die Tür geöffnet wurde, und wirbelte herum. Kurt Pfeiffer stand im Türrahmen.

»Bea! Du? Hier?«

Für einen Moment sahen sie sich schweigend an.

Bea stemmte die Arme in die Hüften. »Kannst du mir mal bitte erklären, was das alles soll?«

Pfeiffer zog die Tür hinter sich zu und trat nervös von einem Bein aufs andere. »Es ist so«, stammelte er. »Ich will dir schon seit langer Zeit etwas sagen …« Er fuhr sich durchs Haar und bedachte sie mit einem verträumten, leicht entrückten Blick. »Ich … ich liebe dich!«

14. Eine Rübe kommt selten allein

Pfeiffer rutschte das Herz in die Hose. Hatte er das gerade laut gesagt? Hatte er Bea tatsächlich seine Liebe gestanden? Ihrem fassungslosen Gesichtsausdruck entnahm er, dass er genau das getan hatte. Dabei konnte er sich noch nicht einmal erklären, wie das passiert war. Es war einfach über ihn gekommen.

Verlegen sah er zu Boden. Das hatte er ja toll hingekriegt! Am liebsten hätte er sich selbst geohrfeigt. Wie konnte er nur so unbeherrscht sein? Einen unpassenderen Zeitpunkt hätte er kaum finden können.

»Tut mir leid, wenn ich ein wenig über das Ziel hinausgeschossen bin«, murmelte er, wobei er wie ein begossener Pudel dastand. »Ich dachte, du würdest dich freuen.«

»Freuen?« Beas Stimme überschlug sich fast.

»Über das Bild«, fügte Pfeiffer rasch hinzu und streckte den Arm in Richtung Gemälde aus. »Ich wollte es dir eigentlich zum Rübenfest schenken.« Er blickte hektisch zwischen Bea und dem Bild hin und her. Ihr Gesichtsausdruck verhieß nichts Gutes. Da war nicht mal die Andeutung eines Lächelns. »Du magst es nicht?«, fragte er vorsichtig.

»Ich glaube, Landschaften liegen dir mehr«, entgegnete Bea kühl. Sie trat einen Schritt auf ihn zu. »Doch deshalb bin ich nicht hier.«

Pfeiffer hob beschwichtigend die Hände. »Ich weiß, du bist wütend wegen Wandelohe.« Ihm brach der Schweiß aus. »Aber lass es mich dir bitte erklären. Gib mir fünf Minuten.«

»Nur zu!« Bea verschränkte die Arme vor der Brust. »Erklär es mir! Erklär mir, warum du einen meiner besten Freunde, für den ich jederzeit die Hand ins Feuer legen würde, mit einem Mord in Zusammenhang bringst.« Sie funkelte ihn zornig an.

»Ich habe Nachforschungen angestellt«, sagte Pfeiffer und wich, so gut es ging, ihrem brennenden Blick aus. »Wusstest du, dass dein Freund vorbestraft ist?«

Bea zog die Stirn kraus. »Weswegen?«

»Sachbeschädigung in Verbindung mit Brandstiftung«, antwortete Pfeiffer, der nun sehr froh war, dass er so gründlich recherchiert hatte. »Er hat in Madrid ein Haus abgefackelt.«

»Ach, diese alte Geschichte«, rief Bea und winkte ab. »Die liegt über zwanzig Jahre zurück. Er hat damals Crêpe Suzette flambiert. Es war ein Unfall, keine Absicht.«

Kurt Pfeiffer schnaubte. »Das würde ich an seiner Stelle auch behaupten.«

»Jetzt hör aber auf!« Bea stampfte unwirsch mit dem Fuß auf dem Boden auf. »Borwin würde doch keiner Fliege etwas zuleide tun. Er ist die Sanftmut in Person.«

Ein grimmiger Ausdruck trat in Pfeiffers Gesicht. »Das habe ich allerdings ein wenig anders erlebt.« Er berührte kurz das Wundpflaster an seiner linken Wange. »Ich habe ihn nämlich heute in seinem Salon aufgesucht, und dabei ist das hier passiert.« Mit einer theatralischen

Geste zog er das Pflaster ab. »Nennst du das etwa Sanftmut? Ich nenne das Körperverletzung!«

Bea betrachtete die Stelle und brach in schallendes Gelächter aus. »Ernsthaft? Der kleine Kratzer? Das ist doch ein Witz, Kurt! Da ist ja fast nichts zu sehen! Außerdem, hast du dich denn noch nie beim Rasieren geschnitten? Das kann jedem passieren.«

Verärgert wandte Pfeiffer sich ab. »Kann es sein, dass du, wenn es um diesen Borwin geht, ein kleines bisschen befangen bist? Na ja, was soll man auch anderes erwarten? Immerhin bist du mit dem Verdächtigen befreundet.«

»Ich bin überhaupt nicht befangen!«, rief Bea stocksauer. »Ich kenne Borwin in- und auswendig, weil ich mit ihm befreundet bin.«

Pfeiffer hob den Zeigefinger. »Aber er hatte früher schon Streit mit dem Opfer. Huflattich hat ihn vor Jahren hier im Dorf mit einer fiesen Aktion öffentlich geoutet. Ach was, zum Gespött hat er ihn gemacht und ihn gedemütigt. Und dann verdirbt Huflattich ihm auch noch die Buchpräsentation. Da ist Wandelohe eben ausgerastet.«

»Schwachsinn!« Bea stemmte die Arme in die Hüften. »Borwin ist nicht ausgerastet! Das hast du dir doch alles nur aus den Fingern gesaugt, um ihm als Sündenbock die Schuld in die Schuhe schieben und den Fall schnell wieder zu den Akten legen zu können. Gib es schon zu!«

»Nein, Bea, so ist es nicht«, beteuerte Pfeiffer und hob abwehrend die Hände. »Ich denke wirklich, dass Wandelohe es war. Und das werde ich dir auch beweisen. Es ist nur eine Frage der Zeit, bis er gesteht.«

Beas Stimme nahm einen dunklen, ja fast bedrohlichen Unterton an. »Denkst du denn, ich sehe tatenlos dabei zu, wie du einen meiner Freunde drangsalierst?« Sie machte einen Schritt auf ihn zu und bohrte ihm mit aller Macht den Zeigefinger in die Brust. »Lass Borwin auf der Stelle wieder frei! Sonst wirst du mich kennenlernen.«

Kurt Pfeiffer schluckte einen dicken Kloß im Hals herunter. Er mochte es gar nicht, wenn sie so aufgebracht war.

»Du hast nichts gegen ihn in der Hand«, rief Bea. »Gar nichts! Länger als vierundzwanzig Stunden wirst du ihn eh nicht festhalten können.«

Da hat sie natürlich recht, dachte Pfeiffer und biss sich auf die Unterlippe. Er brauchte handfeste Beweise. Oder, noch besser, ein Geständnis. Nein, er würde jetzt nicht nachgeben. Er würde die Sache durchziehen und zu einem Abschluss bringen. »Dann werde ich die Zeit eben nutzen«, sagte er. Die Worte sprudelten wie von selbst aus ihm heraus.

Es würde sicher hart für Bea werden einzusehen, dass ihr Freund nicht der war, für den sie ihn hielt. Doch er, Kurt, würde für sie da sein, und sie würden das gemeinsam durchstehen.

»Chef?« Der junge, schlaksige Mann mit den strubbligen Haaren streckte den Kopf zur Tür herein.

»Was ist denn, Rüdiger?«, fragte Pfeiffer ungeduldig. »Sehen Sie nicht, dass ich mitten in einer Besprechung bin?«

»Hier ist die Anrufliste von Gunnar Huflattichs Smartphone.« Der junge Mann reichte ihm einen Stapel Papierseiten. »Und die Fotos, die auf dem Gerät waren, habe ich Ihnen auch ausgedruckt.«

Pfeiffer nickte. »Danke, Rüdiger.«

Schon war der Mitarbeiter wieder zur Tür hinaus.

»Mal sehen, wen Gunnar Huflattich als Letztes angerufen hat«, meinte Kurt Pfeiffer nachdenklich. Er bemerkte, wie Bea an seine Seite trat.

»Das ist Borwins Nummer«, sagte sie.

Pfeiffer blickte sie an. »Ach?«

»Das muss gar nichts bedeuten.« Bea riss ihm die Papierseiten aus der Hand. »Es kann tausend Gründe geben, warum die beiden miteinander telefoniert haben.«

Ein Grinsen huschte über Pfeiffers Gesicht. »Ich kann dir sogar tausendundeinen Grund nennen. Der Anruf war der letzte Tropfen, der das Fass zum Überlaufen gebracht hat – ganz sicher.«

»Das hättest du wohl gerne«, schnaubte Bea.

In einer Geste der Verzweiflung rang Kurt Pfeiffer die Hände gen Himmel. »Bea, ich weiß, dass du deinen Freund schützen willst. Doch so schwer es dir auch fällt, wir dürfen die Augen nicht vor der Wahrheit verschließen.« Er sah, wie Bea akribisch die Papierseiten durchblätterte. Hörte sie ihm denn überhaupt zu?

»Hm, was macht Bauer Völz denn da?«, murmelte sie leise vor sich hin.

Pfeiffer horchte auf. »Wer?«

»Cornelius Völz«, antwortete Bea und verdrehte die Augen. »Der Bio-Rübenbauer, den wir gestern wegen des Rübendiebstahls befragt haben.«

»Ach ja, richtig.« Kurt Pfeiffer betrachtete das ausgedruckte Foto, auf dem der Bauer zu sehen war, wie er mit einem großen Kanister herumhantierte. »Vielleicht füllt er Treibstoff für irgendeine landwirtschaftliche Maschine um?«, schlug Pfeiffer vor. »Das scheint wohl kaum ein wichtiger Hinweis für die Ermittlungen zu sein.«

»Wieso? Weil Borwin nicht auf dem Foto ist?«

»Bea, ich …«

»Spar dir die Worte, Kurt.« Sie faltete flink die Papierseite mit dem Fotoausdruck zusammen. »Ich nehme das hier mit. Da es für dich nicht wichtig ist, brauchst du es ja nicht.« Sie drehte sich um und marschierte ohne ein weiteres Wort zur Tür hinaus.

Verdammt!, dachte Pfeiffer. Das war jetzt doch nicht so optimal gelaufen, wie er gehofft hatte.

15. Rübengeister

Nachdenklich kraulte Bea Dr. Jekylls Federkleid. Sie saß mit dem Ara auf dem Schoß auf der breiten Fensterbank in der grüneisschen Wohnküche und hatte den Kopf seitlich gegen das kühle Glas der Fensterscheibe gelehnt. Es wurmte sie gewaltig, dass sie Kurt Pfeiffer nicht von Borwins Unschuld hatte überzeugen können.

Sie hatte wirklich geglaubt, er hätte sich geändert. Doch nun war ihr klar, dass er noch immer der gleiche verbohrte Sturkopf wie früher war und es vermutlich immer sein würde. Auch wenn er sich aktuell ein wenig modischer kleidete und seine Phobien, so gut es ging, auf Distanz hielt – er lief nach wie vor mit Scheuklappen durch die Welt. Kein Wunder also, dass sie mit ihren Argumenten für Borwin nicht zu ihm durchgedrungen war. Genausogut hätte sie auch einen Ochsen ins Horn kneifen können. Erschöpft spähte sie aus dem Fenster, wo die ersten glutroten Streifen die nahende Dämmerung ankündigten.

»Ich bin wirklich schwer enttäuscht von Kurt. So eine gemeine Aktion hätte ich ihm nie zugetraut.«

Sven und Sara, die mit ihrer Tochter Lotta am Küchentisch saßen und freche Gesichter in Rüben schnitzten, tauschten vielsagende Blicke.

»Also ich hatte eigentlich nie das Gefühl, dass Pfeiffer als Ermittler was taugt«, brummte Sven. »Er hat sich doch schon immer auf den erstbesten Verdächtigen gestürzt, der ihm über den Weg gelaufen ist.«

Bea seufzte. Das war leider wahr. »Aber dass er nicht einmal vor unseren Freunden haltmacht ...« Von dem kitschigen Porträt und dem noch irritierenderen Liebesgeständnis in Pfeiffers Büro hatte sie Sven und Sara noch nichts erzählt. Das musste sie erst einmal selbst verdauen.

Sven lächelte ihr aufmunternd zu. »Mach dir keine allzu großen Sorgen. Du wirst sehen, spätestens morgen Mittag ist Borwin wieder draußen.« Er reckte kämpferisch die Faust in die Luft. »Und wenn ich ihn eigenhändig aus der Arrestzelle befreien muss!«

»So wild entschlossen bist du?«, fragte Sara und klang ehrlich begeistert.

»Na, hör mal, immerhin geht es um unseren Freund«, meinte Sven. »Der dazu noch vollkommen unschuldig ist.«

»Recht hast du«, entgegnete Sara und strich sich lächelnd über den prallen Kugelbauch. »Also, was immer du auch planst, wir sind dabei.«

»Ich auch! Ich auch!«, rief die dreijährige Lotta fröhlich.

Sven schüttelte lachend den Kopf. »Na, so weit kommt es noch. Ihr bleibt schön hier.«

Lotta zog einen Schmollmund. »Das ist gemein, Papi!«

Sara stupste liebevoll gegen Lottas Nase. »Dann sind wir eben Papas moralische Unterstützung«, sagte sie, woraufhin Lotta zufrieden gluckste.

Bea betrachtete die kleine Familie, und ein Gefühl von Wärme und Geborgenheit machte sich in ihr breit. Sie war dankbar, dass sie ein Teil ihrer Gemeinschaft war und diesen Ort ihr Zuhause nennen durfte. Schon fasste sie neuen Mut. Sie würde Borwin, der genauso zu ihrer Gemeinschaft gehörte, aus den Fängen der Justiz befreien und dafür sorgen, dass er von jedem Verdacht reingewaschen wurde. Genau wie Sven war sie zu allem bereit.

Ihr Blick fiel auf Dr. Jekyll, dem sie noch immer über das Gefieder streichelte. Der Ara gab ein leises, seltsames Geräusch von sich, das wie das Schnurren eines Kätzchens klang. War das sein neuester Spleen? Egal, dachte Bea, solange er nur glücklich ist.

»Was macht eigentlich Mr Hyde?«, überlegte sie laut. »Ob er und Dr. Jekyll sich schon etwas angenähert haben?«

Sara schüttelte leicht den Kopf. »Den Eindruck habe ich leider nicht. Die zwei sind vom Charakter her sehr verschieden. Wie Hund und Katze.«

»Miau!«, krächzte Dr. Jekyll.

»Der eine plappert, der andere schweigt«, meinte Sven, der sich ein Grinsen nicht verkneifen konnte.

Bea nickte verständnisvoll. »Bei manchen Menschen ist es nicht viel anders.« Sie wusste, in so einem Fall half vor allem eine große Portion Zuversicht. »Na, das wird schon noch werden. Wie heißt es so schön: Gut Ding will Weile haben.« Sie glitt von der Fensterbank und setzte Dr. Jekyll auf seiner Sitzstange ab. »Und wie geht es dem Erdlöwen?«

Sven seufzte. »Dem Chamäleon? Es könnte sein Geld glatt als Ausbruchskünstler verdienen. Heute hat es sich schon wieder aus seinem Terrarium befreit.«

»Sylvester ist eben ein schlaues Kerlchen«, sagte Sara und zwinkerte ihrem Mann verschwörerisch zu.

Lotta stemmte die Ärmchen in die Höhe. »Sylvester! Sylvester!« Das kleine Mädchen war vollkommen vernarrt in das Tier.

Ein lautes Krächzen kam von der Kaffeeholzstange her. »Er ist ein Spion!« Bea drehte sich zu Dr. Jekyll um. »Wie kommst du denn auf die Idee?«

»Vielleicht wegen der großen Augen«, meinte Sven. »Die kann Sylvester doch in alle Richtungen bewegen. Und ich hatte ehrlich gesagt auch schon das Gefühl, dass er mich heimlich beobachtet.«

»Ach was!«, widersprach Sara lächelnd. »Der kleine Kerl ist doch bloß neugierig und will die Welt erkunden.«

»Er spioniert!«, krächzte Dr. Jekyll und plusterte sein Gefieder auf.

»Ein Chamäleon als Undercover-Agent?« Bea, die sich mit an den Tisch gesetzt hatte, zog irritiert die Augenbrauen hoch. »Meint ihr nicht, ihr steigert euch da zu sehr in etwas hinein?«

Sven legte eine fertig geschnitzte, frech grinsende Rübe beiseite. »Denk doch nur an die diebische Hühnerbande. Wenn Hühner so abgebrüht klauen können, dann kann ein Chamäleon auch ein Spion sein.«

Ein Lächeln huschte über Beas Gesicht. Zugegeben, die marodierenden Hühner waren eine Klasse für sich gewesen. Doch das hieß nicht, dass ihre tierischen Mitbewohner alle über kriminelle Energie verfügten. »Manchmal ist ein Tier auch einfach nur ein Tier.«

Sven verschränkte die Arme vor der Brust. »Das sehen Dr. Jekyll und ich entschieden anders.«

»Genau!«, krächzte der aufgeweckte Papagei wie zur Bestätigung.

Bea und Sara sahen sich ratlos an und zuckten lachend mit den Schultern.

Lotta hielt Bea stolz eine geschnitzte Rübe hin. »Schau mal! Mein Rübengeist ist fertig!«

»Der sieht herzallerliebst aus!«, lobte Bea und streichelte der Kleinen zärtlich über den Kopf.

Sara holte ein Teelicht, entzündete es und legte es in die ausgehöhlte Rübe hinein.

»Ist das schön!«, schwärmte Lotta.

Sven strahlte über das ganze Gesicht. »Zum Rübenfest wird der ganze Ort mit diesen Geistern geschmückt sein.«

Bea lächelte und versuchte, es sich bildlich vorzustellen. »Das wird bestimmt wundervoll aussehen.«

»Sara hat neulich übrigens einen Streit zwischen Huflattich und Cornelius Völz beobachtet«, berichtete Sven, während er begann, eine weitere Rübe auszuhöhlen.

Sara nickte eifrig. »Die beiden sind heftig aneinandergeraten. Ich glaube, es ging um Rüben.«

Bea blickte Sven stirnrunzelnd an. »Hast du schon mit Völz darüber gesprochen?«

»Nein, bin heute nicht dazugekommen«, antwortete Sven. »Aber morgen früh kann ich das machen.«

»Da komme ich auf alle Fälle mit«, sagte Bea sofort. Sie griff nach ihrer Handtasche und holte ein Papier heraus. »Schaut mal, dieses Foto hatte Huflattich auf seinem Handy gespeichert.« Sie hielt den Ausdruck, den sie in Kurt Pfeiffers Büro mitgenommen hatte, Sven und Sara hin, die sich neugierig darüberbeugten.

»Cornelius mit einem Kanister«, murmelte Sven. »Was da wohl drin gewesen sein mag?«

»Gift!«, krächzte es aus dem Hintergrund.

Bea bedachte Dr. Jekyll mit einem neugierigen Blick. Aus Erfahrung wusste sie, dass der Ara, der zu allem seinen Senf dazugab, manchmal nicht die schlechtesten Ideen hatte. »Kurt glaubt, es sei Treibstoff für den Trecker oder ein anderes landwirtschaftliches Gerät.«

Dr. Jekyll hieb mit dem Schnabel kräftig gegen die Stange. »Quatsch mit Soße.«

Sven rieb sich das Kinn. »Cornelius Völz ist ein unbescholtener Bürger. Ein sympathischer und unauffälliger Typ. Ich kann mir einfach nicht vorstellen, dass der Dreck am Stecken hat.«

»Ich kann auch nichts Negatives über ihn sagen«, stimmte Sara ihm zu. »Er ist zu uns immer freundlich und hilfsbereit gewesen.«

Bea blieb skeptisch. Oft genug hatte sie miterlebt, dass das Böse sich mit einer netten Fassade zu tarnen wusste. »Die Frage ist doch, warum Huflattich dieses Foto gemacht hat? Doch sicherlich nur, weil er sich dadurch einen Vorteil versprochen hat.«

Sven runzelte nachdenklich die Stirn. »Also wird da kein Benzin drin gewesen sein.«

»Was dann?«, fragte Sara.

Bea kam Dr. Jekylls Bemerkung in den Sinn. *Gift …*

»Vielleicht Pestizide?«, schlug sie vor. »Oder Unkrautvernichter?«

»Chemiedünger?«, rief Sven entsetzt. »Aber bei Cornelius Völz ist doch alles bio!«

Bea breitete die Arme aus. »Das behauptet er.«

Sara und Sven grübelten eine Weile.

»Das wäre echt ein Skandal!«, meinte Sven.

»Aber wirklich!«, rief Sara. »Das halbe Dorf kauft doch bei ihm ein.«

»Ja, das wäre ein Skandal«, fand auch Bea. »Ganz nach Gunnar Huflattichs Geschmack.«

16. Träum ich von Rüben in der Nacht

Am Abend ging Bea früh zu Bett. Der Tag war sehr anstrengend gewesen, und sie wollte ausgeruht und bei Kräften sein, wenn sie Kurt Pfeiffer das nächste Mal gegenübertrat. Zudem mussten sie morgen dringend mit Cornelius Völz über den Inhalt des Kanisters und den Streit mit Gunnar Huflattich reden. Und sie mussten Borwin unbedingt aus dem Gefängnis befreien. Das ging natürlich am besten, wenn sie den wahren Täter ausfindig machten. Wenn es ihnen gelang, Pfeiffer den Mörder auf dem Silbertablett zu servieren, würde er gar keine andere Wahl haben, als Borwin wieder freizulassen.

Erschöpft kuschelte sich Bea in ihre weiche Bettdecke. In ihrem Kopf summte und brummte es, als hätte sich ein ganzer Hummelschwarm darin eingenistet.

Die Ereignisse des Tages vermischten sich zu einem wirren Strudel aus Bildern und Emotionen. In ihren Gedanken tauchten abwechselnd ein unglücklicher Borwin, frech grinsende Rübengeister, eine erleichterte Pastorin und ein miauender Papagei auf. Nach und nach gesellte sich auch noch die fröhlich versammelte Schar der Hummelstichler Landfrauen dazu. Sie alle hatten perfekt frisierte, fliederfarbene Haare. Bea versuchte, in diesem Gewusel an Menschen, das immer größer wurde, Brunhilde Meuselböck zu finden – und dabei schlief sie ein.

Als sie die Augen aufschlug, stand sie wieder vor der Tür von Kurt Pfeiffers Büro. Sie seufzte leise, denn eigentlich wollte sie nicht hier sein. Warum konnte sie nicht mal von einem Strand in der Karibik träumen?

»Der Herr Kommissar erwartet Sie schon«, rief eine schlaksige Gestalt, die zu Beas Überraschung eine große Rübe anstelle eines Kopfes hatte.

Bea wandte sich irritiert ab, drückte die Türklinke herunter und trat ein. Kurt Pfeiffers Büro war in einem höchst bedauernswerten Zustand. Unzählige leere Rotweinflaschen kullerten auf dem Boden herum. Überall türmten sich Pizzaschachteln. Im Hintergrund plätscherte eine heitere Melodie leise vor sich hin. Hier und da entdeckte Bea zusammengeknüllte und achtlos weggeworfene Notizzettel. Sie bückte sich, hob einen der Zettel auf und faltete ihn auseinander. Da stand:

Auch aus Steinen, die Dir in den Weg gelegt werden, kannst Du etwas Schönes bauen.

Schmunzelnd steckte Bea den Zettel in ihre Hosentasche. Den Spruch von Erich Kästner hatte sie bereits ihr ganzes Leben lang beherzigt. Doch was hatte diese Lebensweisheit hier in Pfeiffers Büro zu suchen? Sie konnte sich ehrlich nicht vorstellen, dass Kurt damit etwas anfangen konnte. Wenn man ihm Steine in den Weg legte, blieb er stehen oder kehrte um.

Ein leises Summen ließ sie aufhorchen, und sie sah Kurt Pfeiffer, der in der Mitte des Raumes stand. Bea erkannte ihn an seinem bunten, langärmeligen Hawaiihemd. Sein Kopf jedoch war, wie schon bei dem Mann im Vorzimmer, gegen eine große, krautüberwucherte Rübe ausgetauscht worden.

Pfeiffer stand mit dem Rücken zu ihr vor einer Staffelei, hielt einen langen Pinsel in der rechten Hand, mit dem er, leise vor sich hin summend, eine große Leinwand bearbeitete.

Urplötzlich hielt er inne und prüfte kritisch sein Werk.

»Und? Was meinst du?«, fragte er, ohne sich zu Bea umzudrehen. »Ist diese Frau nicht wunderbar?«

Stirnrunzelnd betrachtete Bea das Bild. Erst jetzt fiel ihr auf, dass das ja gar nicht ihr Porträt war. Die Haare waren blond statt rot, die Augen blau statt grün. Auf der blassen Haut waren unzählige Sommersprossen zu sehen. Sollte das Isabella Huflattich sein?

»Ich will es ihr zum Rübenfest schenken«, sagte Pfeiffer. »Meinst du, sie wird sich darüber freuen?«

Bea verkniff sich jeden Kommentar. Stattdessen umrundete sie den Mann vor der Staffelei und nahm ihn genauer in Augenschein. Dabei fiel ihr auf, dass die in den Rübenkopf geschnitzten Gesichtszüge so gar nichts mit Kurt Pfeiffer gemein hatten und sie an jemand anders erinnerten. Doch an wen? Sie war sich nicht sicher.

Als sie etwas näher an die Gestalt herantrat, drang ihr der Duft eines markanten Männerparfüms in die Nase. Wo hatte sie das bloß schon mal gerochen? Mit einem Mal fiel es ihr wie Schuppen von den Augen. Das war bei Gisbert Huflattich, dem Bruder des Ermordeten, gewesen.

»Wo darf ich Ihnen die Crêpe Suzette servieren?«, fragte plötzlich jemand aus Richtung der Zimmertür.

Bea blickte sich um und entdeckte Borwin, der eine weiße Kochschürze umgebunden hatte und ein großes

Silbertablett in den Händen trug. Zum Glück war an ihm alles dran; kein Körperteil schien gegen irgendwelches Gemüse ausgetauscht worden zu sein.

»Stellen Sie es auf den Schreibtisch«, antwortete der Rübenkopf, von dem Bea nun nicht mehr wusste, ob es sich um Kurt Pfeiffer, Gisbert Huflattich oder eine schräge Mischung aus beiden Männern handeln sollte.

»Sehr wohl«, antwortete Borwin und tat, wie ihm geheißen. »Wünschen Sie, dass ich den Crêpe flambiere?«

»Selbstverständlich!«, rief der Rübenkopf streng. »Sonst ist es ja kein Crêpe Suzette.«

Borwin vollführte eine galante Verbeugung. »Wie der Herr wünschen.« Wie aus dem Nichts zauberte er eine Flasche Orangenlikör und eine Schachtel Streichhölzer hervor.

Bea beschlich ein höchst ungutes Gefühl. »Borwin! Nicht!«, rief sie instinktiv, doch der Freund reagierte nicht. Es war, als hörte er sie gar nicht.

Seelenruhig begoss er den Crêpe mit Alkohol, entzündete ein Streichholz und hielt es an die nach köstlichen Orangen duftende Flüssigkeit. Kleine, blaue Flammen tanzten über den Crêpe. Für einen kurzen Moment hatte Bea das Gefühl, dass nichts weiter passieren würde. Schon wollte sie sich erleichtert abwenden. Doch was war das? Die Flammen tänzelten über den Tellerrand hinaus, über den Schreibtisch und geradewegs auf den nächstbesten Turm aus Pizzaschachteln zu! Dabei wuchsen sie stetig an, bis sie so groß waren, dass sie den gesamten Schreibtisch verschlangen.

Entsetzt blickte Bea sich um. Das ganze Büro brannte lichterloh!

Der Rübenkopf stellte sich Borwin in den Weg und hob drohend die Fäuste. »Geben Sie es zu! Sie haben dieses Feuer gelegt, um Beweise zu vernichten.«

Borwin fiel flehend auf die Knie. »Ich habe doch bloß flambiert!«, rief er verzweifelt. »Und das nur, weil Sie es so wollten.«

Doch der Rübenkopf echauffierte sich weiter. »Ich werde Sie für Ihre Verbrechen hinter Schloss und Riegel bringen!«

Bea wandte sich rasch ab. Sie wusste, dass das nur ein Albtraum war. Doch was musste sie tun, um den Spuk hinter sich zu lassen und endlich wieder aufwachen zu können? Sie wandte sich zur Tür, aber die Flammen, die mittlerweile bis zur Decke reichten, versperrten ihr den Weg. Sie spürte die sengende Hitze auf ihrer Haut. Instinktiv hielt sie sich die Arme schützend vors Gesicht. Der beißende Rauch nahm Bea den Atem. Hustend rang sie nach Luft.

Mit einem Mal war um sie herum alles dunkel, und die brennende Hitze wich einem angenehmen Kältegefühl. Für den Bruchteil einer Sekunde glaubte sie immer noch zu ersticken. Doch dann verschwand die Panik so schnell, wie sie gekommen war.

Bea nahm ein paar tiefe Atemzüge und sah sich um. Sie saß in ihrem Bett. Durch den Spalt in den Vorhängen fiel blasses Mondlicht herein. Der Wecker auf ihrem Nachttisch gab ein gleichmäßiges, beruhigendes Ticken von sich, und vom Fußende ihres Bettes drangen leise Schnarchgeräusche. Lächelnd betrachtete Bea Dr. Jekyll, der friedlich auf seinem Kopfkissen schlummerte.

Erleichtert, dass der fiese Traum vorüber war, stand sie auf, schlüpfte in ihre Pantoffeln und zog sich den Morgenmantel über. So aufgewühlt, wie sie war, würde sie so schnell eh nicht wieder einschlafen können. Außerdem hatte sie riesigen Durst. Ihre Kehle fühlte sich schon ganz ausgetrocknet an. Doch hier in ihrem Zimmer hatte sie nur eine Flasche selbst gemachten Blutwurzschnaps, und der war zum Durstlöschen überhaupt nicht geeignet.

Sie ging hinunter in die Küche, schenkte sich ein Glas Leitungswasser ein und leerte es in einem Zug. Was hatte sie da nur wieder für seltsames Zeug geträumt? Ob Gisbert Huflattich heimlich in seine Schwägerin Isabella verliebt war? Und wenn ja, hatte Gunnar davon gewusst?

Ihr Blick fiel auf Borwins Kochbuch, das neben der Kaffeemaschine lag. Gedankenverloren strich sie über das Hochglanzcover. Armer Borwin! Sicher wälzte er sich gerade unruhig auf seiner harten Gefängnispritsche hin und her.

Sie nahm das Buch in die Hand und schlug es wahllos auf. Eine Weile betrachtete sie die beiden Seiten, auf denen ein Rezept für eine Rüben-Tarte abgedruckt war. Es klang gar nicht schwierig, und die abgebildete Kreation sah ziemlich lecker aus.

Bea angelte sich eine Rührschüssel aus dem Schrank, und eh sie sich's versah, hatte sie die benötigten Zutaten schon zusammen. Ja, Backen war vielleicht nicht ihre Stärke, aber immerhin war es eine Möglichkeit, sich abzulenken und auf andere Gedanken zu kommen. Und wenn sie am Ende auch noch ein halbwegs essbares Ergebnis zustande brachte, könnte sie damit Sven, Sara und Lotta eine kleine Freude machen.

Beschwingt von dieser Idee machte sie sich ans Werk.

17. Der große Rüben-Schwindel

Im Anbruch der Morgendämmerung verließen Bea und Sven das Haus.

Bea, die nach dem Backen der Rüben-Tarte noch eine Weile in einem alten Kriminalroman geschmökert hatte, fühlte sich trotz des wenigen Schlafes ausgeruht und munter. Sven, der eh immer sehr früh auf den Beinen war, sah dagegen reichlich zerknittert aus. Er zog eine sorgenvolle Miene.

»Es muss uns unbedingt gelingen, Pfeiffer von Borwins Unschuld zu überzeugen.«

»Das wird ein hartes Stück Arbeit werden«, seufzte Bea. »Am besten wäre es natürlich, wenn wir ihm den wahren Täter präsentieren könnten.«

Sven musterte sie neugierig. »Du denkst doch aber dabei nicht an Cornelius, oder?«

Bea zuckte mit den Schultern. »Sosehr dir das auch missfallen mag, ausschließen können wir ihn nicht.«

»Ich weiß«, gab Sven zerknirscht zu. »Trotzdem: Ich hoffe wirklich, dass es für alles – also den Streit und den Kanister – eine harmlose Erklärung gibt.«

Ein mitfühlendes Lächeln umspielte Beas Lippen. Sie wusste genau, wie sehr Sven es hasste, wenn sich in seinem Dorf Abgründe auftaten. Er brauchte Frieden und Harmonie wie die Luft zum Atmen. »Sei bitte nicht zu sehr schockiert, wenn es dann doch nicht so harmlos ist«, sagte sie und knuffte ihn freundschaftlich in die Seite.

Er nickte knapp, doch die Besorgnis war ihm nach wie vor anzusehen. »Ich werde mich einfach nie an den Gedanken gewöhnen, dass es auf diesem wunderschönen Fleck Erde so viel kriminelle Energie gibt.« Sven breitete die Arme aus. »Ich meine, die Menschen könnten doch froh und dankbar sein, dass sie an so einem schönen Ort leben können. Anstatt ihre Zeit mit dubiosen Machenschaften zu verschwenden, sollten sie lieber ihr Leben genießen und etwas zum Gemeinwohl beitragen.«

Bea lächelte. »Ich fürchte, leider sind die wenigsten Leute mit deiner Weisheit gesegnet. Es wird immer Menschen geben, die zuallererst ihren eigenen Profit sehen. Das Streben nach Reichtum, Macht und Anerkennung gibt es leider überall. Auch in Hummelstich.«

Eine Weile liefen sie schweigend nebeneinander her. Die Straßen und Gassen waren menschenleer. Um diese frühe Uhrzeit setzte kaum jemand einen Fuß vor die Tür.

Nach etwa fünf Minuten erreichten sie den Hof von Cornelius Völz.

»Was meinst du, wollen wir uns erst einmal unauffällig umsehen?«, fragte Bea.

»Du willst diesen Kanister finden, stimmt's?«, entgegnete Sven.

Sie nickte. »Voll ins Schwarze getroffen.«

Grübelnd sah Sven sich um. »Also ich bewahre meine Kanister für gewöhnlich im Schuppen auf.« Er deutete auf ein kleines heruntergekommenes Nebengebäude, das etwas abseits des großen Wohnhauses stand.

»Prima Idee«, lobte Bea, und sie steuerten rasch auf den Schuppen zu. Vorsichtig zogen sie die schmale Holztür auf, wobei die alten Scharniere leise quietschten.

Im Inneren des Schuppens war es sehr dunkel. Zu Beas Überraschung hielt Sven eine kleine Taschenlampe in der Hand. »Ich will mir nicht vorwerfen lassen, dass ich nicht lernfähig wäre«, murmelte er. Damit spielte er auf ihre früheren Abenteuer an, bei denen er nicht immer so gut ausgestattet gewesen war.

Der Lichtschein der Taschenlampe glitt über eine breite Werkbank, auf der alle möglichen Werkzeuge und Utensilien lagen. Drumherum gab es ein Sammelsurium aus Baumaterialien, Farbeimern und kleinteiligem Elektroschrott. Einen Kanister konnte Bea jedoch nicht erkennen.

»Still!« Sven schaltete die Taschenlampe aus. »Da kommt jemand!«

Bea hielt den Atem an und lauschte. Ja, da waren eindeutig eilige Schritte zu hören. Sie blickte sich hektisch um. Es war unmöglich, auf die Schnelle ein geeignetes Versteck zu finden. Doch wie sollten sie Cornelius Völz ihre Anwesenheit in seinem Schuppen erklären? Am besten gaben sie die Schnüffelei offen zu und sahen, wie er darauf reagierte.

Mit einem leisen Quietschen wurde die Tür geöffnet. Bea schlug das Herz bis zum Hals.

»Bea? Bist du da drin?«

Sie rang nach Luft. Das war doch Kurt Pfeiffers Stimme. Na, der hatte ihnen gerade noch gefehlt!

»Chef! Was machen Sie denn hier?«, flüsterte Sven und zog seinen Vorgesetzten schnell in den Schuppen. Nun standen sie wieder in völliger Dunkelheit, und Sven schaltete erneut die Taschenlampe an.

»Ihre Frau hat mir gesagt, dass Sie hierher wollten«,

erklärte Pfeiffer. Er blickte erst Sven, dann Bea an. »Nach was genau sucht ihr denn?«

»Nach was sieht's denn aus?« Bea gab sich keine Mühe, ihren Unmut zu verbergen.

»Nach dem Mörder natürlich«, fügte Sven hinzu.

Kurt Pfeiffer kratzte sich am Kinn. »Und Sie meinen, er versteckt sich hier im Schuppen?«

»Ruhe!« Obwohl Bea das Wort nur flüsterte, bestand kein Zweifel, dass sie es absolut ernst meinte.

Pfeiffer verstummte augenblicklich.

Sven konnte sich gerade noch ein Lachen verkneifen. Zumindest war er derart abgelenkt, dass er nicht mehr darauf achtete, wohin er die Taschenlampe hielt. Kurt Pfeiffer aber starrte wie gebannt auf den Lichtkegel, der nun den Bereich unterhalb der Werkbank erleuchtete.

»Ist das nicht der Kanister, der auf dem Foto zu sehen war?« Kurt Pfeiffer bückte sich und schob ein paar Pappen und Styroporplatten beiseite. Zu Beas Erstaunen kamen tatsächlich mehrere kleine und große Kanister zum Vorschein.

»Nicht schlecht«, murmelte Sven.

Ein blindes Huhn findet eben auch mal ein Korn, dachte Bea unbeeindruckt.

Sven öffnete einen der Behälter und schnupperte. »Das glaub ich nicht!«, rief er entsetzt aus und stellte den Kanister wieder zurück.

»Was denn?«, fragte Bea.

Doch Sven schüttelte bloß unablässig den Kopf. »Ich kann das einfach nicht glauben.«

Pfeiffer trat an seine Seite. »Würden Sie uns freundlicherweise an Ihren Erkenntnissen teilhaben lassen?«

Sven schaute sie nacheinander bestürzt an. »Der Kerl benutzt Glyphosat.«

»So was dachte ich mir«, murmelte Bea.

Unruhig trat Kurt Pfeiffer von einem Bein aufs andere. »Klingt, als wäre es was Gefährliches.«

»Glyphosat ist ein Unkrautvernichtungsmittel«, erklärte Sven. »Es steht schon seit einiger Zeit stark in der Kritik. Studien haben nämlich gezeigt, dass es krebserregend ist, das Erbgut schädigt und ins Hormonsystem eingreift. Und es zerstört die Artenvielfalt.«

»Kurz gesagt, es ist nichts, was auch nur im Entferntesten auf einen Bio-Hof gehört«, fügte Bea hinzu.

Pfeiffer nickte. »Verstehe, dieser Cornelius Völz ist also ein Schwindler.«

»Sieht ganz so aus«, murmelte Bea.

Sven konnte es immer noch nicht glauben. »Unfassbar!«

Energisch machte Pfeiffer einen Schritt auf den Ausgang zu. »Dann schauen wir doch mal, was Herr Völz uns dazu zu sagen hat.«

Sie verließen den Schuppen und gingen zielstrebig auf das Wohnhaus zu.

Noch bevor sie es erreichten, wurde die Haustür geöffnet, und Cornelius Völz trat heraus. Er trug Arbeitskleidung und Gummistiefel und blickte sie irritiert an. »Kann ich euch irgendwie helfen?«

Sven platzte fast vor Wut. »Du könntest uns zum Beispiel erzählen, in welchen Schlamassel du verwickelt bist.«

Cornelius runzelte die Stirn. »Was meinst du?

»Wir haben die Kanister gesehen«, sagte Bea.

In Cornelius Völz' Gesicht zuckte es. »Welche Kanister?«

»Die in deinem Schuppen«, antwortete Sven.

Cornelius stemmte die Arme in die Hüften. »Ihr schnüffelt also hier herum? Was fällt euch eigentlich ein?«

Sven packte ihn unsanft am Arm. »Mensch, Cornelius. Glyphosat! Das ist doch wirklich das Allerletzte!«

Der Bauer sah betreten zu Boden. »Irgendwann musste es ja herauskommen.« Er ließ sich auf die Stufe vor seiner Haustür sinken.

»Warum, in drei Teufels Namen, hast du das gemacht?«, fragte Sven und setzte sich neben ihn.

Cornelius ließ die Schultern hängen. »Es ist das Einzige, was gegen diese hartnäckigen Unkräuter hilft. Ich habe doch alles andere versucht.«

»Ach, hör doch auf!«, rief Sven. »Wie du weißt, baue ich auch seit Jahren Gemüse an, und ich komme sehr gut ohne dieses Dreckszeug aus.«

Bea fiel auf, dass sie sich bisher noch nie Gedanken über dieses Thema gemacht hatte. Ganz anders Sven, den die Angelegenheit sehr aufzuwühlen schien.

»Willst du etwa behaupten, dass du noch nie Kunstdünger verwendet hast?« Cornelius warf dem Dorfpolizisten einen zweifelnden Blick zu.

Svens angestrengter Gesichtsausdruck verriet, wie sehr er versuchte, die Fassung zu bewahren. »Zumindest kein Glyphosat! Und ja, wo immer es geht, kommt bei mir natürlicher Dünger zum Einsatz.« Er schnaubte. »Außerdem habe ich im Gegensatz zu dir nie behauptet, einen Bio-Hof zu führen. Was ist mit deinem Versprechen, dass bei deinem Gemüse alles biologisch ist? Du lügst uns doch alle an!«

Cornelius Völz, der wie ein nasser Klops auf der Steinstufe hockte, schluckte. »Glaub mir, ich habe deshalb auch ein sehr schlechtes Gewissen.«

Sven blickte ihn finster an. »Gunnar ist dahintergekommen, nicht wahr?«

Der Rübenbauer nickte traurig. »Er hat ja überall herumspioniert.«

Ohne zu zögern, führte Sven den Gedanken fort. »Und zum Rübenfest wollte er dann die Bombe platzen lassen und allen davon erzählen.«

Ein schweres Seufzen drang aus Cornelius' Mund. »Er wollte zehntausend Euro haben, dafür, dass er schweigt. Woher soll ich denn bitte so viel Geld nehmen?«

»Da hast du natürlich rotgesehen«, vermutete Sven.

»Ich habe versucht, die Angelegenheit mit ihm zu klären«, erwiderte Cornelius. »Ich wollte ihm das Geld ratenweise zahlen. Doch er hat mich nur ausgelacht. Sein nächster Vorschlag war, dass ich ihm die Hälfte meines Hofes überschreibe.«

Sven betrachtete ihn nun fast mitleidsvoll. »Und da sind bei dir endgültig die Sicherungen durchgebrannt.«

»Ja, natürlich!« Cornelius Völz raufte sich die Haare. »Hättest du in so einer Situation denn ruhig und besonnen bleiben können?«

Sven legte ihm die Hand auf die Schulter. »Was genau ist geschehen?«

Der Rübenbauer fuchtelte in der Luft herum. »Ich habe nach dem erstbesten Gegenstand gegriffen und Gunnar eins übergebraten.«

»Und dann?«, hakte Sven nach.

»Dann bin ich weggerannt.«

Kurt Pfeiffer, der dem Gespräch bislang still gelauscht hatte, räusperte sich. »Haben Sie da nicht ein kleines Detail vergessen?«

Cornelius Völz sah ihn stirnrunzelnd an. »Ich weiß nicht, was Sie meinen.«

Pfeiffer verschränkte die Arme vor der Brust. »Sie haben sich Ihre Mistgabel geholt und dem Mann, der Sie bloßstellen wollte, den Rest gegeben.«

»Unsinn!« Cornelius Völz schüttelte vehement den

Kopf. »Als ich weggelaufen bin, hat er noch gelebt! Ich habe genau gesehen, wie er wieder aufgestanden ist!«

»Das werden weitere Nachforschungen klären«, entgegnete Pfeiffer. Er straffte die Schultern und zog ein Paar Handschellen aus der Hosentasche. »Cornelius Völz, ich verhafte Sie wegen des Verdachts, Gunnar Huflattich ermordet zu haben. Alles, was Sie sagen, kann gegen Sie verwendet werden.«

Völz sprang auf. »Ich habe ihn nicht umgebracht! Ehrlich, das müsst ihr mir glauben!« Er richtete seinen flehenden Blick auf Sven, der sich ebenfalls erhoben hatte.

Sven schüttelte den Kopf. »Nach all dem, was du dir geleistet hast, sollen wir dir glauben? Es tut mir leid, aber es sieht nicht gut für dich aus.«

Mit einer raschen Bewegung legte Pfeiffer dem niedergeschlagenen Rübenbauern die Handschellen an.

Zehn Minuten später fuhr eine Streife vor, die Sven telefonisch angefordert hatte. Bea beobachtete, wie Cornelius Völz abgeführt und die Mistgabel des Bauern sichergestellt wurde. »Moment, was ist mit Borwin?«, wandte sie sich an Kurt Pfeiffer.

»Ich werde veranlassen, dass er umgehend freigelassen wird«, sagte er, ohne sie dabei anzusehen.

Bea kickte einen kleinen Stein beiseite. Und das war alles? Keine Entschuldigung, kein Eingeständnis, dass er einen Fehler gemacht und ihren Freund zu Unrecht verdächtigt hatte? Dachte er denn, dass sie sich damit zufriedengeben würde? Sie nahm einen tiefen Atemzug, und die Wut ebbte ab. Da bemerkte sie, dass sie noch etwas anderes an der Entwicklung dieser Ermittlung schwer störte. Aufmerksam horchte sie in sich hinein. Sie spürte nicht das leiseste Kribbeln in den Fingerspitzen.

18. Wie die Rübe, so das Kraut

Grübelnd lief Bea auf und ab. Irgendetwas stimmte hier nicht. Klar, Cornelius Völz hatte sowohl ein Motiv als auch die Mittel und die Gelegenheit gehabt. Zudem hatte er zugegeben, Gunnar Huflattich körperlich angegriffen und niedergeschlagen zu haben. Ob Huflattich sich dabei das Genick gebrochen hatte? War er auf einen spitzen Stein gestürzt? Cornelius Völz behauptete ja, dass Huflattich wieder aufgestanden sei.

Bea blickte zu Sven, der immer noch schwer erschüttert wirkte. Kurt Pfeiffer hingegen schien mehr als zufrieden mit dem Fortgang der Ereignisse zu sein. Sein selbstgefälliges Grinsen ließ Beas Ärger erneut aufwallen.

Sven fuhr sich durchs Haar. »Ich gehe schnell noch mal bei Isabella vorbei und berichte ihr, dass wir den Fall so gut wie gelöst haben. Sie will ja schließlich auch wissen, wer ihren Mann ermordet hat.«

Pfeiffer klatschte in die Hände. »Sehr gute Idee, Grüneis! Und wissen Sie, was: Das übernehme ich für Sie.«

»Ähm, okay.« Sven zog die Stirn kraus. »Wenn Sie unbedingt wollen.«

»Wir kommen mit«, rief Bea sofort. Sie würde bestimmt nicht zulassen, dass Kurt sich als vermeintlich genialer Ermittler dickmachte und die Lorbeeren einheimste. Außerdem war sie sich ziemlich sicher, dass der Fall eben noch nicht gelöst war und weitere Nachforschungen nötig waren.

»Einverstanden«, sagte Pfeiffer mit gönnerhafter Miene.

Auf dem kurzen Weg zum Haus der Huflattichs ließ Bea die Geschehnisse dieses Vormittages noch einmal Revue passieren. Vor ihrem inneren Auge sah sie den Kanister mit dem Glyphosat und Cornelius Völz' erschrockenes Gesicht, als Sven ihn mit dem Vorwurf des Mordes konfrontiert hatte. Auch die beschlagnahmte Mistgabel des Rübenbauern tauchte in ihren Gedanken auf. Bea hatte nur einen kurzen Blick darauf erhascht, als Sven sie mit einer durchsichtigen Folie umwickelt und in den Streifenwagen gepackt hatte. Dank ihres fotografischen Gedächtnisses konnte Bea die Erinnerung jedoch bis ins kleinste Detail abrufen.

Der Moment der Erkenntnis schlug ein wie ein Blitz. Cornelius Völz' Mistgabel hatte genau drei Zinken gehabt. In Gunnar Huflattichs Bauch waren jedoch nachweislich vier Löcher gewesen. Demnach konnte diese Mistgabel nicht die Tatwaffe sein.

Als sie das Haus der Huflattichs erreichten, unterbrach Bea ihre Gedanken. Pfeiffer preschte vor und drückte energisch auf die Klingel. Nur wenige Sekunden später wurde die Tür geöffnet, und Isabella Huflattich erschien im Türrahmen.

»Ja, bitte?« Ihr blasses Gesicht war noch eine Spur heller als sonst.

»Kurt Pfeiffer, Kriminalpolizei.« Pfeiffer hielt ihr seinen Dienstausweis hin. »Wir wollten Ihnen nur mitteilen, dass wir den Mörder Ihres Mannes überführt und in Gewahrsam genommen haben.«

Isabella blickte unsicher von einem zum anderen. »Wer ist es gewesen?«

»Können wir kurz hereinkommen?«, fragte Sven.

»Selbstverständlich! Bitte!« Isabella ließ sie eintreten.

Bea nahm erneut den Hauch eines markanten Männerparfüms wahr.

Sie gingen in die lichtdurchflutete Wohnküche, wo sie sich an dem ovalen Esstisch niederließen. Bea fiel auf, dass die Pokale fehlten, die auf dem Kaminsims gestanden hatten, ebenso das gerahmte Foto, auf dem Isabella als Rübenprinzessin zu sehen gewesen war.

»Und?« Isabella, die ebenfalls in einem der weißen Korbstühle Platz genommen hatte, schaute sie fragend an. »Wer ist es gewesen?«

Bevor Sven oder Kurt etwas erwidern konnten, ergriff Bea das Wort. »Wer, glauben *Sie* denn, war es?«

»Keine Ahnung!«, sagte Isabella. »Doch nicht etwa jemand aus dem Dorf?«

Sven machte ein betroffenes Gesicht. »Doch, leider.«

Bea, die ihren Blick noch weiter durch den Raum wandern ließ, entdeckte neben der Spüle zwei leere benutzte Weingläser.

»Haben Sie Besuch?«

Isabella kräuselte die Stirn. »Wie kommen Sie denn darauf?«

In Beas Gedanken mischten sich Fragmente ihres skurrilen Traums. »Es ist Gisbert, nicht wahr?«

Isabella errötete, sagte aber keinen Ton.

»Wie lange geht die Affäre mit Ihrem Schwager schon?«, fragte Bea.

»Was denn für eine Affäre?« Isabella verschränkte die Arme vor der Brust. »Er war gestern Abend nur hier, um mich etwas abzulenken. Wir haben zusammen zu Abend gegessen. Ich kann zurzeit nur schwer alleine sein.«

»Das ist durchaus verständlich«, meinte Pfeiffer.

Beas Herzschlag beschleunigte sich. Da war es wieder, das vertraute Kribbeln in ihren Fingerspitzen. Sie sah Isabella durchdringend an. »Nein, ich glaube Ihnen nicht. Ich denke, dass Sie beide schon länger ein Paar sind. Und ich denke, dass Sie Ihren Mann gemeinsam aus dem Weg geräumt haben.«

Isabella öffnete den Mund, brachte jedoch erneut kein Wort heraus.

Für ein paar Sekunden war es ganz still im Raum. Nur das Tropfen des Wasserhahnes war zu hören.

»Woher kommt denn das jetzt?«, wollte Kurt Pfeiffer wissen. »Der Rübenbauer war's doch.«

Sven schaute ähnlich irritiert drein.

Bea seufzte. »Cornelius Völz hat Gunnar nicht umgebracht. Habt ihr euch mal seine Mistgabel genau angesehen? Sie hat drei Zinken, nicht vier.«

»Verdammt!«, knurrte Pfeiffer, und Sven schlug sich mit der flachen Hand vor die Stirn.

Dessen ungeachtet richtete Bea den Zeigefinger auf Isabella. »Sie haben Ihren Mann ermordet.«

Wieder wurde es ganz still. Alle Augen waren auf die Witwe gerichtet.

»Sag nichts, Isabella!«, erklang eine Stimme aus dem Flur. Gleich darauf sprang Gisbert Huflattich herein. In den Händen hielt er eine Mistgabel, die er drohend gegen Pfeiffer und Sven richtete. »Sag kein Wort!« Er sah zu Sven. »Und ihr verschwindet! Los, haut ab!«

»Nein, Liebling!« Isabella hob abwehrend die Hände. »Du machst doch alles nur noch schlimmer!«

Gisberts Stimme nahm einen weichen Unterton an.

»Keine Sorge, mein Schatz. Wir stehen das gemeinsam durch.«

»Ihre Geliebte hat recht«, erklärte Bea. »Sie verschlimmern damit nur die Situation.«

»Bitte leg das weg, Liebling!«, sagte Isabella erneut. »Ich werde erzählen, was passiert ist.«

Gisbert schüttelte den Kopf. »Nein, tu das nicht. Wir können immer noch fliehen!«

»Und wohin?« Isabella klang ehrlich verzweifelt. »Willst du wirklich für den Rest deines Lebens auf der Flucht sein?«

Der entschlossene Ausdruck in Gisbert Huflattichs Gesicht ließ keinen Zweifel daran, dass er zu allem bereit war. »Solange wir nur zusammen sind, ist mir alles recht.«

Isabella rang flehend die Hände. »Bitte leg das schreckliche Ding fort. Es ist an der Zeit, dass ich mein Gewissen erleichtere.«

»Unter einer Bedingung«, meinte Gisbert. »Lass mich die Geschichte erzählen.«

Isabella nickte, und er lehnte die Mistgabel gegen die Wand. »Ich habe meinen Bruder umgebracht.«

»Schluss! Aus!« Isabella sprang auf. »Ich werde nicht zulassen, dass du für mich ins Gefängnis gehst! Ich war es!«

Gisbert wedelte mit den Händen in der Luft herum. »Nein, das sagt sie nur, um mich zu schützen! Ich bin der wahre Mörder!«

»Also seid ihr es beide gewesen?«, fragte Sven.

»Nein!«, riefen beide wie aus einem Mund.

»Bitte, Liebling«, murmelte Isabella und strich Gisbert zärtlich über den Kopf. »Die Wahrheit wird so oder so ans Licht kommen. Und ich könnte es nicht ertragen, wenn du die Schuld auf dich nimmst.« Sie sank auf ihren Stuhl zurück. »Es stimmt, was alle anderen über meinen Mann sagen. Er war ein egoistischer und selbstverliebter Widerling. Ein Narzisst.«

Ein verbitterter Ausdruck trat in ihr Gesicht. »Am Anfang, als wir uns kennenlernten, war er noch nicht so. Er hatte etwas Verwegenes, was ich damals sehr anziehend fand. Doch nachdem wir geheiratet hatten, wurde er von Tag zu Tag herrschsüchtiger und gemeiner. Ich habe lange nach Ursachen dafür gesucht – auch bei mir –, und ich habe gehofft, dass doch noch alles gut werden würde. Ich habe ihn wirklich geliebt – damals. Doch die Jahre gingen ins Land, und es gefiel ihm immer mehr, mich zu drangsalieren. Irgendwann wurde es sogar so schlimm, dass ich keinen Ausweg mehr sah und über Selbstmord nachdachte.«

Sven blickte sie voller Mitleid an. »Hättest du dich nicht einfach von ihm trennen können?«

Isabella lachte bitter. »Er sagte einmal, dass er mich eher umbringen würde, als eine Scheidung zu akzeptieren.«

Betretenes Schweigen erfüllte den Raum. Gisbert legte Isabella eine Hand auf die Schulter.

»Ich war am Boden«, fuhr Isabella schließlich fort. »Am untersten Punkt, den ein Mensch nur erreichen kann. Doch dann hat Gisbert mich aus dieser Hölle herausgeholt.« Sie blickte ihn dankbar an. »Wir wurden ein Paar – heimlich natürlich –, und mein Leben bekam wieder einen Sinn.« Ihr Blick verfinsterte sich. »Seitdem habe ich lange und gründlich darüber nachgedacht, wie ich meinen Mann am besten aus dem Weg räumen könnte. Gisbert hatte davon keine Ahnung; ich habe ihn nicht eingeweiht. Mein Plan war, Gunnar zu vergiften. Zum Rübenfest wollte ich ihm Schierling in sein Essen tun. Ich kenne eine Stelle im Wald, wo diese Pflanzen wachsen.«

Bea, die wusste, dass Schierling sehr giftig war, ergriff das Wort. »Doch dann bot sich Ihnen eine andere Möglichkeit.«

Isabella nickte und deutete auf das Küchenfenster. »Ich habe die Auseinandersetzung zwischen meinem Mann und Cornelius Völz von diesem Fenster aus beobachtet. Völz ist so wütend geworden, dass er nach einer Holzlatte gegriffen und auf Gunnar eingeschlagen hat. Ihr könnt euch nicht vorstellen, welche Euphorie das bei mir ausgelöst hat. Für einen Moment dachte ich wirklich, er würde ihn umbringen und ich sei alle meine Sorgen los. Doch dann rappelte sich Gunnar wieder auf – und Völz rannte einfach weg. Wenn er doch nur noch einmal richtig zugeschlagen hätte!«

»Also mussten Sie den Rest erledigen«, fügte Kurt Pfeiffer hinzu.

»Es war die perfekte Gelegenheit«, sagte Isabella. »Gunnar war noch benommen, taumelte und fiel immer wieder hin. Warum sollte ich bis zum Rübenfest warten, wenn ich ihm schon eher den Garaus machen konnte?«

»Warum die Mistgabel?«, wollte Sven wissen.

Isabella zuckte mit den Schultern. »Ich habe mal gelesen, es tut sehr weh.«

Bea schluckte. Wie grenzenlos musste Isabella ihren Mann gehasst haben!

»Und wie haben Sie die Leiche auf das Feld befördert?«, fragte Pfeiffer.

Gisbert Huflattich räusperte sich. »Das war ich.« Er nahm die Hand seiner Geliebten. »Isabella rief mich an. Sie erzählte mir alles. Ich habe die Mistgabel wieder entfernt und gereinigt. Und ich habe meinen Bruder zu seinen Rüben gebracht.«

126

Isabella schaute Pfeiffer aus großen Augen an. »Was wird jetzt mit uns geschehen?« Die Angst in ihrer Stimme war nicht zu überhören.

Kurt Pfeiffer straffte die Schultern. »Es wird Anklage gegen Sie beide erhoben werden.« Er stand auf, zückte sein Handy und wählte die Nummer des Bad Frankenberger Polizeireviers.

Eine ganze Weile später, als Isabella und Gisbert bereits in einen Streifenwagen verfrachtet und in Begleitung von Kurt Pfeiffer auf den Weg nach Bad Frankenberg waren, nahmen Bea und Sven noch einmal auf den weißen Korbstühlen Platz.

»Im Grunde war es Notwehr, oder?« Bea massierte sich die Schläfen. »Ich meine, er hat gedroht, sie zu töten, wenn sie sich von ihm scheiden lassen will.«

»Und doch hat sie sich für diesen Weg entschieden«, entgegnete Sven. »Sie hätte auch mit Gisbert davonlaufen und irgendwo neu anfangen können.«

Bea schüttelte den Kopf. »Gunnar hätte sie mit Sicherheit aufgespürt.«

»Willst du damit sagen, dass du es richtig findest, was sie gemacht hat?«, fragte Sven.

»Nein, natürlich darf man einen Menschen nicht töten, und man kann einen Mord nicht gutheißen«, antwortete Bea. »Aber ich habe in gewisser Weise auch Verständnis für Isabella. Und ich glaube, es gibt in Hummelstich eine Menge Leute, die ihr am liebsten einen Orden verleihen würden.« Allen voran die Pastorin Frederike Neuhaus sowie die Wirtsleute Paul und Britta Heinemann, fügte Bea in Gedanken hinzu.

Sven kratzte sich am Kinn. »Dann sollten sie alle vor Gericht eine Aussage machen, das hilft Isabella bestimmt mehr als ein Orden. Und wenn der Richter ähnlich denkt wie du, kommen die zwei vielleicht mit einer milden Strafe davon.«

Bea nickte lächelnd. »Ich wünsche es ihnen.«

»Ja«, sagte Sven. »Ich auch.«

19. Das Rübenfest

Die Nachricht von Isabellas Geständnis und ihrer und Gisberts Verhaftung hatte sich im Dorf wie ein Lauffeuer verbreitet. Als der Tag des Rübenfestes kam, waren sich die meisten Hummelstichler einig, dass sie etwas zur Unterstützung der beiden unternehmen mussten. Unter dem Slogan *Freiheit für Isabella* hatten sie bereits eine Petition auf den Weg gebracht. Auch Svens Vorschlag, vor Gericht Gunnar Huflattichs fiesen Charakter zu bezeugen, war von vielen angenommen worden. Nur die Idee einer Ehrenbürgerschaft, die von den Heinemanns vorgebracht worden war, wurde zum Bedauern so manches Hummelstichlers abgelehnt.

Der Freude auf das Rübenfest tat jedoch nichts von alledem Abbruch. Vom frühen Nachmittag an war bereits das halbe Dorf auf den Beinen. Auch Bea und ihre Freunde liefen staunend durch die mit Rübengeistern und Strohfiguren geschmückten Gassen. An beinahe jeder Haustür hingen zudem Kastanienbasteleien und herbstlich dekorierte Kränze.

Auf dem Dorfanger waren zahlreiche Buden und Stände aufgebaut, an denen die Hummelstichler die ganze Bandbreite ihres handwerklichen Geschicks demonstrierten. Es gab allerlei kunterbunte Strickwaren, lieblich duftende Seifen, geflochtene Körbe, Zwiebelzöpfe, Schmuck aus Draht und haufenweise Keramik – alles in liebevoller Handarbeit von den Hummelstichlern hergestellt.

Bea, die die kleine Lotta auf den Schultern trug, wusste gar nicht, wohin sie sich als Erstes wenden sollte, so fasziniert war sie. Schließlich steuerte sie auf einen Stand zu, an dem sich eine große Traube von Menschen angesammelt hatte.

Sven und Sara schlenderten Arm in Arm hinter Bea her. Mittendrin im Gewühl saß Borwin an einem Tisch und signierte seine Kochbücher. Dabei strahlte er über das ganze Gesicht.

»Hallo, mein Lieber«, grüßte Bea. »Hast du dich ein wenig erholt?«

Der dralle Halbspanier zwirbelte lächelnd seinen Schnurrbart. »Keine Sorge, es geht mir prima. Und die Nacht im Gefängnis war auch nicht umsonst. Mir ist nämlich eine tolle Idee für einen regionalen Gourmet-Reiseführer gekommen.«

Sven legte die Stirn in Falten. »Aber nicht, dass du jetzt öfter einen Ausflug in die Bad Frankenberger Arrestzelle machen möchtest?«

»Nein, nein.« Borwin hob abwehrend die Hände. »Ein Mal ist vollkommen ausreichend.«

Sie ließen Borwin, der umringt von seinen Fans war, bei seinen Büchern und gingen weiter. Genau in der Mitte des Platzes sahen sie ein breites Podest mit einem Mikrofon, daneben eine riesige Lastenwaage.

»Dort werden später die Rüben gewogen«, erklärte Sven und freute sich wie ein kleiner Junge.

Lotta streckte auf Beas Schultern aufgeregt die Ärmchen aus. Sie hatte einen Stand entdeckt, an dem man

Dosen werfen und Enten angeln konnte. »Da will ich hin!«, rief sie fröhlich, und Bea erfüllte ihr sogleich den Wunsch. So treffsicher, wie Bea war, haute sie mit nur einem Wurf alle Dosen um, woraufhin sie ein rosafarbenes Plüscheinhorn gewann, das Lotta mit einem glücklichen Seufzer in die Arme schloss.

Der Duft nach gebratenem Fleisch kitzelte ihre Nasen und lockte sie zu einem großen Rost, auf dem Metzgermeister Meuselböck Bratwürste, Brätel, Bauchspeck und andere fleischliche Delikatessen zubereitete. Zwei Buden weiter boten Paul und Britta Heinemann kühles Bier, selbst gemachten Hagebuttenwein, Quittensaft und Preiselbeerlimonade an. Etwas weiter gab es zudem einen Kuchenbasar, wo man die köstlichsten Kuchen, Törtchen, Cupcakes und Cakepops kaufen konnte, sowie einen Eiswagen, der neben den gängigsten Eissorten auch Zuckerwatte und gebrannte Mandeln bereithielt.

Bea, die sich fürs Erste für Bratwurst und Hagebuttenwein entschieden hatte, hielt kurz nach Kurt Pfeiffer Ausschau, konnte ihn aber nirgendwo entdecken. Nach der Aktion mit Borwins Verhaftung traute er sich wahrscheinlich nicht her. Während sie den Gedanken beiseiteschob, beobachtete sie, wie die Ortsvorsteherin Gisela Maibach das Podest in der Mitte des Dorfangers betrat und nach dem Mikrofon griff.

»Meine Lieben, ich begrüße euch herzlich zu unserem diesjährigen Rübenfest.«

Das Publikum johlte und spendete Applaus.

»Gleich steht einer der Programmhöhepunkte an, auf den viele von euch schon lange hingefiebert haben«, rief Gisela Maibach in das Mikrofon. »Ich bitte alle Bauern, die am Wettbewerb um die dickste Rübe teilnehmen, in die Mitte des Platzes zu kommen. Bitte vergesst eure Rüben nicht! Das Rübenwiegen beginnt in zehn Minuten.«

Nun wurde es wuselig. Aus allen Richtungen schleppten die Bauern ihre riesigen Rüben herbei, um sie nach monatelanger Hege und Pflege öffentlich zu präsentieren. Einige Bauern karrten ihr Monstergemüse sogar mit Schubkarren heran. Eine Rübe war gigantischer als die andere.

»Wie schafft man es nur, dass eine Rübe so groß wird?«, überlegte Bea laut. »Ich meine, eine normale Rübe wiegt doch bestimmt nicht mehr als ein oder zwei Kilo.«

»Mit Pinguin-Kacke«, sagte Sven.

Bea sah ihn verwirrt an. »Wie bitte?«

Ein verschmitztes Lächeln trat in Svens Gesicht. »Manche nehmen auch Rinderdung, Hühnerpellets oder lassen sich Mykorrhiza-Pilze aus England zuschicken. Aber Pinguin-Kacke soll wohl mit am effektivsten sein.«

»Warum machst du eigentlich nicht bei dem Wettbewerb mit?«, fragte Bea.

Sven winkte ab. »Rüben waren noch nie so mein Ding. Außerdem investiere ich meine Zeit lieber in andere Projekte.« Er blickte zu Sara, die mit Lotta an dem Eiswagen anstand.

»Das machst du goldrichtig.« Bea klopfte ihm auf die Schulter.

»Oh, es geht los!« Sven deutete in Richtung Podest, wo der erste Bauer bereits seine Rübe auf die Lastenwaage hievte. Vor lauter Vorfreude rieb Sven sich die Hände. Dafür, dass Rüben nicht sein Ding waren, fieberte er aber richtig mit.

»Zweiundzwanzig Komma neun Kilogramm!«, rief die Ortsvorsteherin in das Mikrofon, und die Menge klatschte begeistert.

Eine nach der anderen monströsen Rübe wurde gewogen.

»Neunzehn Komma vier Kilogramm!«

»Sechsundzwanzig Komma neun Kilogramm!«

Die Zahlen wurden nun immer gewaltiger.

»Da ist Henrik!«, rief Sven. »Wahnsinn, was für einen Kaventsmann er dabeihat!«

Henrik Butterblum, den Bea von einem ihrer früheren Fälle kannte, hob unter größter Anstrengung seine Riesenrübe aus der Schubkarre und legte sie vorsichtig auf der Waage ab.

»Achtunddreißig Komma sechs Kilogramm!«, verkündete die Ortsvorsteherin.

»Ich glaube nicht, dass das heute noch jemand überbieten kann«, sagte Sven und sollte recht behalten.

Gisela Maibach überreichte Butterblum einen goldenen Pokal. »Damit ist Henrik Butterblum der Sieger des diesjährigen Wettbewerbs und darf sich nun ein Jahr lang ›Bauer mit der dicksten Rübe‹ nennen.«

Das Publikum lachte und klatschte begeistert. Der ulkige Titel, der natürlich ganz bewusst spaßig gemeint war, löste bei den Bauern jedes Jahr einen regelrechten Feuereifer aus.

Henrik Butterblum vollführte eine Reihe Luftsprünge und stemmte den Pokal in die Höhe.

»Kommen wir nun zum Backwettbewerb der Landfrauen«, sagte die Ortsvorsteherin, nachdem der Jubel ein wenig abgeebbt war. »Im Wettstreit um das beste Rübengebäck hat sich eine von uns in diesem Jahr besonders hervorgetan.« Sie lächelte. »Die Jury ist sich einig, dass die Kombination aus Rübe, Zimt und Calvados einfach unschlagbar war.«

Calvados?, dachte Bea. Genau den hatte sie reichlich an die Rüben-Tarte gegeben.

Gisela Maibach breitete die Arme aus. »Und die diesjährige Gewinnerin des Backwettbewerbs ist Bea von Maarstein!«

Während Sven einen Hustenanfall bekam, sah sich Bea irritiert nach allen Seiten um. »Hier muss ein Missverständnis vorliegen!«

Da trat Sara grinsend an ihre Seite. »Ach so, das habe ich dir noch gar nicht erzählt. Ich habe deine Rüben-Tarte in deinem Namen bei der Jury eingereicht.«

Die Ortsvorsteherin winkte Bea freudig zu. »Liebe Bea, wenn ich dich auf die Bühne bitten darf …«

»Aber die war doch für euch gedacht«, wandte sich Bea an Sara. »Zum Essen.«

Sara zuckte mit den Schultern. »Na ja, solange die Jury sie nicht komplett aufgegessen hat, können wir sie ja immer noch kosten.« Sie schob Bea in Richtung des Podests. »Oder du backst uns einfach eine neue.«

Bea wurden vor Aufregung die Knie weich. Wer weiß, ob sie die Tarte je wieder so hinbekam. Unter dem stürmischen Beifall des Publikums betrat sie das Podest, wo die Ortsvorsteherin ihr ebenfalls einen goldenen Pokal überreichte.

»Seid ihr euch sicher, dass ihr euch nicht geirrt habt?«, fragte Bea, die immer noch nicht glauben konnte, dass sie tatsächlich fürs Backen einen Preis erhalten sollte.

Gisela Maibach nickte eifrig. »Wir haben es einstimmig entschieden.«

Bea rang nach Luft. Vor Rührung traten ihr Tränen in die Augen. »Dann möchte ich diesen Preis meinem Freund Borwin widmen, der das Rezept kreiert und mir die Grundbegriffe des Backens beigebracht hat.«

Tosender Applaus erfüllte den Dorfanger.

Borwin kam zu Bea auf das Podest geeilt, und die beiden umarmten sich herzlich.

Als schließlich die Dämmerung anbrach, wurden die Kerzen in den vielen kleinen und großen Rübengeistern angezündet. Auch Laternen und Lampions leuchteten überall auf, und die Gemeinschaft versammelte sich zu einem gemeinsamen Umzug durch das Dorf.

Bea, inmitten ihrer Freunde, konnte sich nicht erinnern, wann sie das letzte Mal so fröhlich und unbeschwert gewesen war. Bis spät in die Nacht hinein wurde gefeiert, getanzt und gelacht. Hummelstich, der kleine Ort am Fuße des Kyffhäusergebirges, war von Freude und Licht erfüllt.

20. Der Geist in der Rübe

Dr. Jekyll saß auf seiner Stange aus Kaffeeholz in Beas Zimmer und genoss die abendliche Stille. Seitdem die Menschen fortgegangen waren, um ihr Rübenfest zu feiern, war es so angenehm ruhig im Haus geworden.

Mr Hyde, die alte Schlafmütze, war in der Wohnküche geblieben und hatte bereits vor Stunden den Kopf unter den Flügel gesteckt. Der Erdlöwe spionierte hoffentlich in seinem Terrarium sein Futter aus, und Krümel, der Hund, lag in seinem Körbchen im Flur und döste. Alles war friedlich und still.

Höchstzufrieden plusterte Dr. Jekyll sein Gefieder auf. Wie leicht man den Menschen doch etwas vormachen konnte! Jetzt glaubten sie doch tatsächlich, dass er wieder einen Sprung in der Schüssel hatte. Sogar Bea war darauf hereingefallen. Dabei war das alles nur geschauspielert gewesen.

Natürlich hielt er sich nicht für eine Katze! Die Tage, in denen seine Persönlichkeit mal die eine, mal die andere Form angenommen hatte, waren endgültig vorbei. Er wusste, dass er ein Vogel war. Seine Flügel, mit denen er mittlerweile exzellent fliegen konnte, waren Beweis genug dafür. Außerdem redete er viel und gerne, und obwohl er sich stets um eine deutliche Aussprache bemühte, klang seine krächzende Stimme meistens, als käme sie aus einem Abflussrohr. Eindeutig Vogel! Da gab es keinen Zweifel.

Das Wissen um seine Identität erfüllte ihn mit Freude und jeder Menge Selbstvertrauen. Und es bedeutete ja auch nicht, dass er nicht ab und zu in eine andere Rolle schlüpfen konnte. Ob Weihnachtsengel, Sphinx oder Homo sapiens – der Fantasie waren keine Grenzen gesetzt. Letztendlich war es doch so, dass er sein konnte, was oder wer er wollte. Ja, er hatte an der Schauspielerei großen Gefallen gefunden, und er war überzeugt, dass er Talent besaß. Vielleicht würden dieses Talent und die Fähigkeit zur Täuschung eines Tages sogar noch einmal von Nutzen sein.

Ein Klopfen an der Tür unterbrach Dr. Jekylls Überlegungen. Erschrocken horchte er auf. Wer konnte das sein? War Bea etwa bereits zurück? Aber warum sollte sie an ihrer eigenen Zimmertür anklopfen? Das ergab keinen Sinn.

Schon pochte es erneut an der Tür. Dr. Jekylls Gedanken überschlugen sich. War es der Erdlöwe, der sich wieder auf den Weg gemacht hatte, um überall herumzuspionieren? Gab es einen Hauself, von dem bislang niemand etwas wusste? Oder war ein Specht zu Besuch? Die Möglichkeiten waren schier unendlich.

Entschlossen, dem Geräusch auf den Grund zu gehen, breitete Dr. Jekyll die Schwingen aus, erhob sich in die Luft und landete auf der Türklinke, wobei er diese mit seinem Körpergewicht herunterdrückte. Die Tür sprang auf. Vorsichtig spähte er hinaus. Zu seiner Überraschung entdeckte er weder einen Specht noch einen Hauself. Draußen auf dem Fußboden saß kein Geringerer als Mr Hyde.

Dr. Jekyll konnte es kaum fassen. Wollte der seltsame Vogel etwa zu ihm?

Der Gelbhaubenkakadu scharrte aufgeregt mit den Krallen und hatte die gelben, nach vorne gebogenen Haubenfedern wie einen Hahnenkamm aufgestellt. Dazu schlug er heftig mit den Flügeln. Aus seinem Schnabel drang wie immer kein einziger Laut. Offenbar verstand er sich mehr auf Pantomime.

Neugierig watschelte Dr. Jekyll auf den Kakadu zu. »Probleme?«, krächzte er, erwartete jedoch nicht wirklich eine Antwort.

Umso verwunderter war er, als Mr Hyde eine nickende Kopfbewegung machte. Jedenfalls deutete Dr. Jekyll das ruckartige Nicken als eine Geste der Zustimmung. Dann rannte der Kakadu urplötzlich los, stieß sich vom Boden ab und flog ins Erdgeschoss hinunter. Dr. Jekyll folgte ihm bis in die Wohnküche hinein.

Im Licht des Mondes, das durch die hohen Fenster fiel, nahm Dr. Jekyll eine Bewegung wahr. Mitten auf dem langen Esstisch kugelte etwas hin und her! Mr Hyde, der auf einer Stuhllehne gelandet war, beäugte das rollende Ding äußerst misstrauisch.

Dr. Jekyll nahm all seinen Mut zusammen und flog auf den Tisch hinauf. Das merkwürdige Objekt hielt auf einmal inne und lag ganz still und starr da. Jetzt erkannte Dr. Jekyll auch, dass es sich um einen Rübengeist handelte. Aber wie konnte eine ausgehöhlte und geschnitzte Rübe so ohne Weiteres über den Tisch rollen? War der Rübengeist etwa zum Leben erwacht?

Humbug! So etwas passierte doch höchstens in Fantasy-Geschichten oder in Märchen! Und selbst wenn er tatsächlich Zeuge einer übersinnlichen Erscheinung war – er würde sich doch nicht vor einer Rübe fürchten!

Ganz langsam trippelte er näher heran. Was war

denn das? Dr. Jekyll neigte den Kopf zur Seite. Aus dem Loch, das in den oberen Teil der Rübe geschnitten worden war, ragte doch irgendetwas heraus. Er besah sich das Ganze etwas Genauer. Waren das etwa ein grüner geschuppter Schwanz und zwei dünne Beinchen? Das konnte doch nur der Erdlöwe sein! Ja, wahrscheinlich war er beim Herumspionieren dort hineingekrabbelt. Doch was war das Problem?

Dr. Jekyll klopfte mit dem Schnabel energisch gegen die Rübe. »Hallo?«

Der geschuppte Schwanz zuckte.

Angestrengt streckte Dr. Jekyll den Hals und spähte durch eines der kleinen geschnitzten Löcher, das ein Auge des Rübengeistes darstellen sollte, hinein.

Da war er, der Erdlöwe, steckte fest und kam nicht mehr vor oder zurück.

»Keine Panik! Wir helfen dir!«, krächzte Dr. Jekyll und hieb instinktiv den Schnabel in das dicke Rübenfleisch. Wie sich herausstellte, schmeckte es gar nicht so schlecht. Trotzdem spuckte er das meiste wieder aus. Als er aufsah, bemerkte er, dass Mr Hyde nun ebenfalls herangekommen war und die Rübe auf ähnliche Weise bearbeitete. Gemeinsam trieben sie immer wieder ihre Schnäbel in die Rübe, bis sie schließlich ein Loch hineingeknabbert hatten, das groß genug war, damit der Erdlöwe wieder herausklettern konnte.

Eine Weile betrachteten sie die kleine Echse, die vor Aufregung in wildem Tempo ihre Farbe wechselte. Sie machte einen vorsichtigen Schritt vorwärts – und rutschte prompt auf einem Häufchen zermatschten Rübenfruchtfleischs aus.

Dr. Jekyll krächzte leise. Er erkannte, dass er sich getäuscht hatte. Solch ein unverbesserlicher Tollpatsch konnte unmöglich ein Spion sein! Wie hatte Bea es neulich formuliert? Manchmal ist ein Tier auch einfach nur ein Tier! Auf den Erdlöwen, da war sich Dr. Jekyll nun absolut sicher, traf das definitiv zu.

Er wandte den Kopf, und der Blick zu Mr Hyde ließ sein kleines Herz vor Freude galoppieren. Der Gelbhaubenkakadu saß ganz in seiner Nähe und zupfte an seinem schneeweißen Gefieder. Ein Gefühl der Zuversicht machte sich in Dr. Jekyll breit. Das konnte der Beginn einer wunderbaren Freundschaft sein.

21. Rübendiebe

Bea schlenderte leichtfüßig den breiten Waldweg entlang. Neben ihr lief Kurt Pfeiffer deutlich träger und schwerfälliger daher. Er sah grau und müde aus, und obwohl Bea kein straffes Tempo vorlegte, schien er große Mühe zu haben, mit ihr Schritt zu halten.

Sie hatten sich seit Isabellas Verhaftung nicht mehr gesehen. Bea, die immer noch auf eine Entschuldigung hoffte, hatte das Gefühl, dass er ihr in den letzten Tagen ganz bewusst aus dem Weg gegangen war. Umso mehr hatte sie sich gefreut, als Pfeiffer sie angerufen und einen gemeinsamen Spaziergang vorgeschlagen hatte.

»Das Rübenfest war übrigens ein tolles Spektakel«, berichtete Bea. »Wolltest du denn nicht auch hinkommen?« Sie war schon ein wenig überrascht gewesen, dass er sich nicht wenigstens kurz hatte blicken lassen.

»Ich habe es leider nicht geschafft«, erklärte er hastig. »Ich musste noch den Bericht schreiben und jede Menge Aussagen aufnehmen. Ganz Hummelstich scheint plötzlich etwas zu Protokoll geben zu wollen.«

»Das Dorf hält eben zusammen.« Bea grinste. »Das war schon immer so.«

Pfeiffer blieb stehen und ließ betrübt den Kopf hängen. »Was passiert ist, tut mir leid. Ich habe mit Borwin Wandelohes Verhaftung einen Riesenfehler gemacht.«

Bea, die ebenfalls stehen geblieben war, musterte ihn von oben bis unten. »Du hast unsere Freundschaft auf eine ziemlich harte Probe gestellt.«

»Ich weiß«, gab Kurt Pfeiffer reumütig zu. »Ich bin ein echter Hornochse gewesen.«

»Ja, da gebe ich dir vollkommen recht«, sagte Bea und lächelte.

»Es tut mir ehrlich leid«, versicherte er seufzend. »Und ich bitte dich in aller Form um Verzeihung! Wenn du mir nur eine zweite Chance geben würdest! Dann wäre ich der glücklichste Mensch der Welt!«

Langsam gingen sie weiter. Bea lächelte eine Weile still in sich hinein. Klar, sie war stinksauer auf Kurt gewesen und hätte ihn am liebsten auf den Mond geschossen. Doch sie hatte auch keine Lust, ewig nachtragend zu sein. »Jeder verdient eine zweite Chance«, antwortete sie. »Auch du.«

»Oh, Bea, das ist wundervoll!«, rief Pfeiffer erleichtert. »Ich danke dir!«

Sie hob die Hand. »Das heißt aber nicht, dass alles wieder so ist wie früher. Du wirst dir mein Vertrauen erst wieder verdienen müssen.«

»Alles, was du willst«, sagte Pfeiffer.

Ein ernster Ausdruck trat in Beas Gesicht. »Vor allem möchte ich, dass du meine Freunde nicht ärgerst.«

Pfeiffer nickte eifrig. »Versprochen! So etwas kommt nie wieder vor.«

»Ich habe wirklich gedacht, dass du den Verstand verloren hast«, fuhr Bea fort. »Und dann platzt du zur Tür herein und behauptest auch noch, dass du mich liebst.«

Er umfasste sanft ihr Handgelenk, und sie blieben er-

142

neut stehen. »Es ist die Wahrheit, Bea. Ich empfinde wirklich sehr viel für dich.«

Geschickt entzog sich Bea seinem Griff. »Na ja, ich habe mich schon sehr überrumpelt gefühlt.«

»Das kann ich mir vorstellen«, gab Pfeiffer zu. »Eigentlich wollte ich den perfekten Zeitpunkt abwarten. Aber dann … ist es so aus mir herausgesprudelt.«

Bea konnte sich ein Lächeln nicht verkneifen. Obwohl die Angelegenheit ziemlich verworren war, fand sie Kurt gerade durchaus liebenswert. »Ich will dir keine falschen Hoffnungen machen. Im Moment kann ich mir wirklich nicht mehr als eine Freundschaft zwischen uns vorstellen – und die auch nur, wenn du nicht mehr so starrköpfig bist.«

Kurt Pfeiffer wirkte wie von einer Last befreit. »Ich verspreche dir, dass ich mir die größte Mühe geben werde.«

»Ich habe übrigens was für dich.« Bea zog ein kleines, verpacktes Mitbringsel aus der Jackentasche und hielt es ihm hin.

»Ich weiß nicht, womit ich das verdient habe«, murmelte er, nahm das kleine Geschenk und wickelte es vorsichtig aus. »Ein Glückskeks? Ach, das ist aber nett!«

»Den habe ich selbst gebacken«, sagte Bea.

»Was, ehrlich?« Pfeiffer war total begeistert. »Na, dann ist der ja viel zu schade zum Essen.«

Bea lachte. »Ich veralbere dich doch nur. Borwin hat ihn gemacht.«

»Ähm, okay«, stammelte Pfeiffer. »Der Keks könnte mir dann aber unter Umständen böse im Hals stecken bleiben.«

Ein Seufzen drang aus Beas Mund. »Denkst du denn, dass er dich aus Rache damit vergiften will? Ein für alle Mal: Borwin ist kein Mörder!«

»Ich weiß, ich weiß.« Kurt Pfeiffer hob abwehrend die Hände. »Und damit du mir glaubst, dass ich dir das glaube ...« Er brach den Glückskeks in der Mitte entzwei, entnahm ihm einen schmalen Streifen Papier und steckte sich die beiden Kekshälften, ohne zu zögern, in den Mund. »Schmeckt wirklich lecker«, murmelte er kauend.

»Und?«, fragte Bea ungeduldig. »Was für ein Spruch war drin?«

Pfeiffer faltete den kleinen Papierstreifen auseinander und runzelte die Stirn. »Das sieht ja genau wie deine Handschrift aus.«

Bea lachte erneut. »Komm schon, lies vor!«

»Ja, doch!«, murmelte Kurt Pfeiffer und kam ihrer Aufforderung umgehend nach. Er las:

»Auch aus Steinen, die Dir in den Weg gelegt werden, kannst Du etwas Schönes bauen. Von Erich Kästner.«

Sie setzten ihren Weg fort, bogen nach rechts ein und gelangten nach einigen Metern an den Rand eines Rübenfeldes.

»Meinst du, dass du über diesen Satz mal eine Weile nachdenken könntest?«, fragte Bea.

Pfeiffer nickte. »Wenn dich das glücklich macht.«

Bea griff nach seiner Hand. »Eigentlich hoffe ich, dass es *dich* vielleicht irgendwann glücklich machen wird.« Es war genau diese Hoffnung, die sie dazu gebracht hatte, ihm eine zweite Chance zu geben. Sie ließ den Blick über das große Rübenfeld schweifen. Ein Teil der kräftigen Rüben war bereits abgeerntet worden. Bea hielt inne. Was war das? Hatte sich dort, zwischen den Blättern der noch verbliebenen Rübenpflanzen, nicht etwas bewegt?

»Schau mal, ich glaube, ich habe gerade die Rüben-diebe entdeckt.«

»Was? Wo?«, rief Pfeiffer und blickte aufgeregt in alle Richtungen.

»Dort drüben.« Sie zeigte zu der Stelle, an der nun sehr deutlich mehrere graubraune Schlappohren zu er-kennen waren.

Kurt Pfeiffer stöhnte. »Das sind ja nur … Kaninchen!«

»Feldhasen«, korrigierte Bea und lachte.

»So was aber auch«, murmelte Pfeiffer und stimmte in ihr Gelächter ein.

Rezept: Beschwipste Rüben-Tarte

Nach einem Rezept von Borwin Wandelohe

Zutaten:
500 g Steckrübe
300 g Zucker
1 Zimtstange
½ TL Vanillemark
7 EL flüssiger Lavendelhonig
Calvados nach Belieben

Für den Teig:
250 g Mehl
125 g Butter
1 Ei
50 g Zucker
1 Päckchen Vanillezucker

Zubereitung
Die Steckrübe schälen, waschen und in vier Teile schneiden. In einem Kochtopf 300 g Zucker mit 750 ml Wasser zum Kochen bringen, bis der Zucker sich komplett aufgelöst hat. Zimtstange, Vanillemark und die Rübenteile hinzufügen und alles ca. 10 Minuten kochen. Rübenteile herausnehmen, kurz abkühlen lassen und in dünne Scheiben schneiden. Mit Calvados beträufeln.

Die Zutaten für den Teig (Mehl, Butter, Ei, Zucker und Vanillezucker) zusammenrühren und verkneten. Den Teig ca. 1 cm dick ausrollen.

Eine Springform (26 cm Durchmesser) einfetten und von außen mit Alufolie umschließen. Den Honig auf dem Boden der Form gleichmäßig verteilen. Rübenscheiben leicht überlappend anordnen und kleine Butterflocken darüberstreichen.

Aus dem Teig einen Kreis (ca. 24 cm Durchmesser) ausschneiden und mit einer Gabel mehrmals einstechen. Über den Rübenscheiben drapieren. Eventuell Ränder vorsichtig andrücken.

Im vorgeheizten Backofen bei 180 Grad für ca. 30 bis 35 Minuten backen.

Fertige Tarte aus dem Ofen nehmen und ca. 10 Minuten ruhen lassen. Anschließend auf einen großen Servierteller stürzen.

Nach Belieben mit einer Kugel Vanilleeis servieren.

Borwins Tipp
Der Calvados ist auch gut zum Flambieren geeignet. Doch dabei bitte immer Vorsicht walten lassen!

Guten Appetit!